*Louisiana
longe de casa*

Louisiana

Långt hemifrån

Kate DiCamillo

Louisiana longe de casa

Kate DiCamillo

Tradução
Rafael Mantovani

Esta obra foi publicada originalmente em inglês com o título LOUISIANA'S WAY HOME
por Walker Books Limited, Londres.

Copyright © 2018, Kate DiCamillo
Copyright © 2020, Editora WMF Martins Fontes Ltda.,
São Paulo, para a presente edição.
Publicada em acordo com a Walker Books Limited, London SE11 5HJ.

Todos os direitos reservados. Este livro não pode ser reproduzido, no todo ou em parte, armazenado em sistemas eletrônicos recuperáveis nem transmitido por nenhuma forma ou meio eletrônico, mecânico ou outros, sem a prévia autorização por escrito do editor.

1ª edição 2020

Tradução
RAFAEL MANTOVANI

Acompanhamento editorial
Richard Sanches
Preparação de texto
Ana Alvares
Revisões
Fernanda Lobo
Marisa Rosa Teixeira
Produção gráfica
Geraldo Alves
Paginação
Renato de Carvalho Carbone
Edição de arte
Gisleine Scandiuzzi
Ilustração de capa
©2020 Anna Cunha

Dados Internacionais de Catalogação na Publicação (CIP)
(Câmara Brasileira do Livro, SP, Brasil)

DiCamillo, Kate
  Louisiana longe de casa / Kate DiCamillo ; tradução Rafael Mantovani. -- São Paulo : Editora WMF Martins Fontes, 2020.

  Título original: Louisiana's way home.
  ISBN 978-65-86016-04-8

  1. Literatura infantojuvenil I. Título.

20-34567   CDD-028.5

Índices para catálogo sistemático:
1. Literatura infantil 028.5
2. Literatura infantojuvenil 028.5

Cibele Maria Dias – Bibliotecária – CRB-8/9427

Todos os direitos desta edição reservados à
Editora WMF Martins Fontes Ltda.
Rua Prof. Laerte Ramos de Carvalho, 133 01325-030 São Paulo SP Brasil
Tel. (11) 3293-8150 e-mail: info@wmfmartinsfontes.com.br
http://www.wmfmartinsfontes.com.br

Para Tracey Priebe Bailey

Um

Vou escrever tudo, para as pessoas saberem o que aconteceu comigo. Assim, se um dia alguém estiver na janela à noite e olhar para as estrelas e pensar: "Minha nossa, o que será que aconteceu com a Louisiana Elefante? Onde ela foi parar?", essa pessoa terá uma resposta. Saberá de tudo.

Foi isso o que aconteceu.

Vou começar pelo começo.

O começo é que meu bisavô era mágico e, muitíssimo tempo atrás, ele desencadeou uma terrível maldição.

Mas por enquanto você não precisa saber dos detalhes da terrível maldição. Só precisa saber que ela existe e que é uma maldição que vem sendo passada de geração a geração.

É uma maldição terrível, como eu disse.

E agora essa maldição caiu nas minhas costas.

Tenha isso em mente.

Nós partimos no meio da noite.

Vovó me acordou e disse:

— Chegou o dia do acerto de contas. A hora fatal se aproxima. Temos que partir imediatamente.

Eram três da manhã.

Nós fomos para o carro. Era uma noite muito escura, mas o céu estava estrelado.

Ai, havia tantas estrelas!

E percebi que algumas tinham formado um desenho que se parecia muito com uma pessoa com nariz comprido contando uma mentira — era a constelação do Pinóquio!

Apontei o Pinóquio estrelado para a vovó, mas ela não se interessou nem um pouco.

— Depressa, depressa — disse vovó. — Não há tempo para contemplar as estrelas. Temos um encontro marcado com o destino.

Então, entrei no carro e fomos embora.

Nem pensei em olhar para trás.

Como eu poderia saber que estava partindo para sempre?

Achei que aquela confusão fosse só mais uma das ideias que a vovó tem no meio da noite, e que ela repensaria tudo na manhã seguinte.

Isso já aconteceu antes.

Vovó tem muitas ideias no meio da noite.

Caí no sono e, quando acordei, ainda estávamos na estrada. O sol estava nascendo e eu vi uma placa que dizia GEÓRGIA 32 KM.

Geórgia!

Estávamos quase chegando a outro estado e vovó continuava dirigindo a toda velocidade, debruçada no volante, com o rosto quase colado no para-brisa porque ela não enxerga muito bem e é vaidosa demais para usar óculos, e também porque é muito baixinha (quase mais baixa do que eu) e precisa se curvar para alcançar o acelerador.

Pelo menos era um dia ensolarado. O sol iluminava as manchas e os borrões no para-brisa, fazendo-os parecer estrelas adesivas fosforescentes que alguém havia colado ali para me fazer uma surpresa.

Eu amo estrelas.

Ah, como eu queria que alguém tivesse colado estrelas fosforescentes no nosso para-brisa!

Porém não era verdade.

— Vovó, quando vamos dar meia-volta e retornar para casa? — eu disse.

— Nós nunca vamos dar meia-volta, querida — vovó respondeu. — O tempo de dar meia-volta acabou.

— Por quê? — perguntei.

— Porque chegou a hora do acerto de contas — disse vovó com uma voz muito séria — e finalmente é preciso confrontar a maldição.

— Mas e o Archie?

Neste ponto da narrativa sobre o que aconteceu comigo, é necessário você saber que Archie é o meu gato, e que a vovó já o tirou de mim outras vezes.

Pois é, tirou! É uma história realmente trágica. Mas não quero falar disso.

— Providências foram tomadas — disse vovó.

— Que tipo de providências?

— O gato está em boas mãos.

Bom, isso foi o que a vovó disse da última vez que tirou o Archie de mim, e não gostei nem um pouco de ouvir aquelas palavras.

Além disso, eu não acreditava nela.

É um dia tenebroso quando você não acredita na própria avó.

É um dia de lágrimas.

Comecei a chorar.

Chorei até cruzarmos a divisa entre o estado da Flórida e o da Geórgia.

Mas, então, alguma coisa na divisa estadual me fez despertar. As divisas estaduais às vezes fazem isso. Talvez você entenda o que estou falando, talvez não. Só o que posso dizer é que tive uma sensação repentina de algo irreversível e pensei: "Preciso sair deste carro. Preciso voltar." Então eu disse:

— Vovó, pare o carro.

E vovó respondeu:

— De jeito nenhum.

Vovó nunca prestou atenção às instruções de outras pessoas. Nunca seguiu ordens de ninguém. Ela é o tipo de pessoa que manda nas outras, não o contrário.

Mas, no fim das contas, não fez diferença vovó se recusar a parar o carro, porque o destino interveio.

E o que quero dizer com isso é que acabou a gasolina.

Se você nunca partiu de casa no meio da noite sem olhar para trás; se não deixou seu gato e suas amigas e um cachorro de um olho só chamado Buddy, sem poder se despedir de ninguém; se não ficou parada na beira da estrada na Geórgia, em algum lugar logo depois da inexorável divisa estadual, esperando alguém aparecer para lhe dar uma carona... bom, então você não pode entender o desespero que eu trazia no coração naquele dia.

E é exatamente por isso que estou escrevendo tudo isto.

Para você entender o desespero – a devastação completa – no meu coração.

E também, como eu disse no começo, estou escrevendo isto por um motivo um pouco mais prático.

E esse motivo mais prático é você saber o que aconteceu comigo, Louisiana Elefante.

Dois

Foi isto o que aconteceu.
Estávamos paradas na beira da estrada.
Na Geórgia.
Logo depois da divisa estadual entre a Flórida e a Geórgia. Essa divisa supostamente é uma linha que divide os estados, mas não existe linha nenhuma desenhada ali. Você já pensou nisso?
Vovó virou para mim e disse:
– Tudo ficará bem.
– Não acredito em você – eu disse.
Eu me recusei a olhar na cara dela.
Ambas ficamos em silêncio por um tempão.
Três caminhões enormes passaram por nós. Um deles tinha uma imagem pintada na lateral: uma vaca

no meio de um pasto verde. Senti inveja dessa vaca, porque ela estava em casa e eu não.

Parecia uma coisa muito triste invejar uma vaca pintada na lateral de um caminhão.

Devo advertir você de que boa parte desta história é extremamente triste.

Quando o terceiro caminhão enorme passou por nós, levantando poeira, sem nem diminuir a velocidade, vovó disse:

— Estou fazendo isso porque quero o melhor para você.

Bom, o melhor para mim era estar com a Raymie Clarke e com a Beverly Tapinski. Raymie e Beverly eram minhas amigas do coração, e já fazia dois anos inteiros que elas eram minhas melhores amigas. Eu não poderia sobreviver sem elas. Não conseguiria. Era simplesmente impossível.

Então o que eu disse para a vovó foi:

— Quero voltar para casa. O melhor para mim é estar com o Archie. E com a Raymie e com a Beverly e com o Buddy, o cachorro de um olho só. Isso é o melhor para mim. Você não tem a menor ideia do que é bom para mim.

— Agora não é hora — disse vovó. — Esta conversa é inoportuna. Estou extremamente indisposta. Entretanto, estou perseverando. Você deveria fazer o mesmo.

Bom, eu não me importava que a vovó estivesse extremamente indisposta.

E eu estava cansada de perseverar.

Cruzei os braços na frente do peito. Olhei para o chão. Havia várias formigas andando depressa na beira da estrada, parecendo muito ocupadas e contentes. Por que uma formiga decidiria viver na beira de uma estrada, onde correria o risco de ser atropelada por carros e caminhões o tempo todo?

Já que eu não estava falando com a vovó, não havia ninguém no mundo para quem eu pudesse fazer essa pergunta.

Era um sentimento muito solitário.

E então um velho numa picape parou para nós.

O velho da picape se chamava George LaTrell.

Ele baixou o vidro, tirou o boné da cabeça e disse:

— Alô, alô! Sou o George LaTrell.

Eu sorri para ele.

É melhor sorrir. É isso que a vovó sempre me disse, a vida inteira. Se você tiver que decidir entre sorrir e não sorrir para alguém, escolha sorrir. Isso engana as pessoas por um tempo. Isso lhe dá uma vantagem.

De acordo com a vovó.

— Ora, ora, o que duas belas damas estão fazendo na beira da estrada?

— Bom dia, George LaTrell — disse vovó. — Parece que nós erramos no cálculo e ficamos completamente sem gasolina.

Ela deu um sorriso enorme, usando todos os dentes.

— Erraram no cálculo — disse George LaTrell. — Ficaram completamente sem gasolina. Puxa vida.

— Podemos incomodá-lo e pedir para nos levar até o posto de gasolina mais próximo e depois nos trazer de volta? — disse vovó.

— Podem me incomodar, sim, senhoras — disse George LaTrell.

Cogitei não incomodar o George LaTrell, pois a verdade é que, além de estar cansada de perseverar, eu também estava cansada de incomodar. A vovó e eu estávamos sempre incomodando pessoas. Era assim que arranjávamos as coisas: nós incomodávamos. Ou então pegávamos emprestado.

Às vezes, roubávamos.

Pensei em não entrar na picape. Pensei em sair correndo pela estrada, de volta para a Flórida.

Mas achei que não conseguiria correr depressa o suficiente.

Nunca consegui correr depressa o suficiente.

E o que quero dizer com isso é que, aonde quer que eu vá, vovó me encontra.

Seria o destino, escrito nas estrelas? Seria o poder da vovó?

Não sei.

Entrei na picape.

A picape do George LaTrell tinha cheiro de tabaco e vinil. O banco estava rasgado e o estofamento estava saindo em alguns lugares.

— Nós lhe agradecemos imensamente por isso, George LaTrell — disse vovó.

Quando uma pessoa falava seu nome para a vovó, ela nunca perdia a oportunidade de usá-lo. Dizia que as pessoas gostam de ouvir o som do próprio nome, mais que qualquer outro som no mundo. Dizia que era um fato comprovado cientificamente.

Eu duvidava desse fato, muito sinceramente.

Fiquei ali sentada dentro da picape do George LaTrell, cutucando o estofamento que saía dos bancos e depois jogando pedacinhos de espuma pela janela.

— Pare com isso, Louisiana — disse vovó.

Mas eu não parei.

Continuei jogando pedaços de estofamento pela janela da picape e pensando nas pessoas (e animais) que tinha deixado para trás.

Raymie Clarke, que adorava ler e ouvia todas as minhas histórias.

Beverly Tapinski, que não tinha medo de nada e era muito boa em arrombar fechaduras.

E tinha também o Archie, que era o Rei dos Gatos.

E Buddy, o cachorro de um olho só, também conhecido por nós como Nosso Cão do Coração.

E se eu nunca mais tivesse a oportunidade de usar esses nomes?

E se eu estivesse destinada a nunca mais estar diante dessas pessoas (e desse gato e desse cachorro) e dizer seus nomes em voz alta para elas?

Era uma ideia trágica.

Joguei mais estofamento pela janela da picape do George LaTrell. A espuma parecia neve voando pelo ar. Apertando os olhos, parecia mesmo. Apertando os olhos com muita força.

Sou ótima em apertar os olhos.

George LaTrell nos levou até um posto de gasolina chamado Vic's Value. Vovó começou sua ladainha para convencer o sr. LaTrell a colocar um pouco de gasolina numa lata para ela, e depois a pagar pela gasolina também.

E, já que eu não tinha nenhuma vontade de presenciar os esforços dela para conseguir a gasolina que só me levaria para mais longe de casa e das minhas amigas, me afastei dos dois e entrei no Vic's Value, que tinha cheiro de terra e óleo de motor. Havia um balcão bem alto com uma caixa registradora.

Ao lado da caixa registradora, havia uma estante cheia de saquinhos de amendoim salgado. E mesmo estando com o coração partido e tomada pelo mais terrível desespero, minha nossa, como eu estava com fome.

Olhei muito intensamente para aqueles saquinhos de amendoim.

O homem atrás do balcão estava sentado numa cadeira com rodinhas. Quando ele me viu, saiu de trás do balcão como uma aranha, mexendo os pés freneticamente para a frente e para trás. A cadeira soltava uns rangidos exasperados enquanto vinha na minha direção.

— Olá, como vai? — eu disse, sorrindo com todos os meus dentes. — Minha avó está lá fora pegando um pouco de gasolina.

O homem virou a cabeça e olhou para a vovó e para o George LaTrell, então olhou de volta para mim.

– Entendi – ele disse.

Fiquei estudando aquele homem.

Ele tinha muitos pelos dentro do nariz.

– Quanto custa o amendoim? – perguntei.

Perguntei isso mesmo não tendo dinheiro nenhum. Vovó sempre dizia: "Pergunte o preço, exatamente como se fosse pagar."

O homem não respondeu.

– Você é o Vic? – perguntei.

– Talvez.

– Eu sou a Louisiana Elefante.

– Certo – ele respondeu.

Ele tirou do bolso um lenço amarelo de bolinhas e enxugou a testa. Suas mãos estavam quase totalmente pretas de graxa.

– Fui obrigada a deixar minha casa para trás contra a minha vontade – eu falei.

– Essa é a história da humanidade – disse Vic.

– É mesmo? – eu disse.

– Pois é.

– Odeio isso – afirmei. – Tenho amigas onde moro.

Vic fez que sim com a cabeça. Dobrou seu lenço de bolinhas em um quadrado perfeito e o colocou de volta no bolso.

— Pode pegar quantos saquinhos de amendoim você quiser — ele disse, acenando com a cabeça na direção da estante de amendoins. — É grátis.

E então rolou sua cadeira de volta para trás do balcão.

Bom, aquela era a única coisa boa que tinha acontecido comigo desde que a vovó me acordou às três da manhã, dizendo que o dia do acerto de contas tinha chegado.

Em alguns aspectos, esta é uma história de angústias e tormentos, mas também é uma história de alegria e generosidade e amendoins grátis.

— Obrigada — eu disse.

Aceitei catorze saquinhos.

Vic sorriu para mim o tempo todo enquanto eu pegava os saquinhos na estante.

Existe bondade em muitos corações.

Na maioria dos corações.

Em alguns corações.

Eu amo amendoim.

Três

George LaTrell nos levou de volta até nosso carro e pôs a gasolina nele para nós, e vovó sorria e o chamava de "sr. George LaTrell, nosso herói". E esse tempo todo eu não conseguia parar de pensar no Vic's Value.

Porque, atrás do balcão do posto, tinha um calendário pendurado na parede. O calendário dizia OUTUBRO 1977 em letras douradas cheias de floreios, e embaixo das letras havia a foto de uma árvore coberta de folhas vermelhas. Era uma árvore muito bonita.

Mas o mais importante é que, do lado do calendário, tinha um telefone.

Era um telefone verde. Estava preso na parede e coberto de impressões digitais pretas de graxa.

Eu devia ter perguntado para o Vic se podia usar aquele telefone. Eu me senti como alguém num conto de fadas e que desperdiçou seu único desejo. Desejei catorze saquinhos de amendoim, mas devia ter desejado um telefonema.

E então poderia ter ligado para Beverly Tapinski e pedido para ela vir me buscar.

Beverly Tapinski era capaz de dar um jeito de ir buscar qualquer pessoa.

Beverly, se você está lendo isto, sabe que é verdade.

Neste mundo há pessoas que resgatam e pessoas que são resgatadas.

Eu sempre pertenci à segunda categoria.

Pegamos a estrada outra vez. Mesmo sendo outubro e, portanto, outono, fazia calor dentro do carro. E fazia ainda mais calor pelo fato de que eu me recusava totalmente a falar com a vovó.

— Pode me ignorar o quanto quiser, Louisiana — ela disse. — Pode virar a cara para mim, mas isso não muda o amor inabalável que tenho por você.

Olhei para fora da janela.

— Não se preocupe — disse vovó. — Já estou tratando do nosso encontro com o destino, mas devo dizer que me sinto deveras abalada pela minha indisposição.

Ela limpou a garganta. Esperou um pouco. Mas não perguntei que tipo de indisposição vovó estava sentindo.

Em vez disso, continuei olhando pela janela. Comi meus amendoins um por um. E ainda bem que eu tinha pegado catorze saquinhos, porque não tinha muitos amendoins em cada um.

Não ofereci nem um amendoim para a vovó porque não estava, de jeito nenhum, me sentindo generosa na minha alma.

— Louisiana Elefante — disse vovó —, chegará o dia em que você vai se arrepender de não falar comigo.

Eu duvidava disso.

Pouco depois de uma cidade chamada Wendora, vovó começou a soltar uns resmungos.

E então os resmungos viraram gemidos.

Vovó gemia tão alto que eu até esqueci que não estava falando com ela.

— Vovó, o que aconteceu? — perguntei.

— Oh, meu dente, meu dente. Oh, é a maldição do meu pai — ela disse.

O que não fazia o mínimo sentido.

Porque a maldição do pai da vovó não é uma maldição dentária. É uma maldição apartadora.

Mas é melhor não falarmos disso agora.

Nós desaceleramos. E daí desaceleramos mais ainda. Vovó gemia um montão.

Então, depois de um tempo, ela parou o carro no acostamento da estrada, foi para o banco de trás e se deitou.

— Vovó — eu disse —, o que você está fazendo?

— Estou tentando recuperar minhas forças — ela disse. — Não fique preocupada, Louisiana.

Certamente não preciso dizer que fiquei preocupada, sim.

Além disso, aquilo não funcionou. Vovó não recuperou as forças. Estava gemendo cada vez mais alto. Quando olhei de novo, as bochechas dela estavam molhadas de suor. Ou talvez fossem lágrimas.

Embora nunca na vida eu tivesse visto a vovó chorar.

"Lágrimas são para pessoas de coração fraco, Louisiana. E é nossa missão sermos fortes neste mundo." Era isso que a vovó sempre dizia.

— Do que você precisa, vovó? — perguntei.

Em vez de responder, ela soltou um uivo.

— Vovó! — gritei. — Você tem que me dizer do que você precisa!

Vovó então disse uma única palavra.

E essa palavra era *dentista*.

Não era, de forma alguma, o que eu estava esperando que ela dissesse.

Minha nossa! Eu tinha sido levada para longe de casa e das minhas amigas. Havia uma maldição nas minhas costas. E eu estava na beira da estrada na Geórgia, com uma vovó pedindo um dentista.

O que eu podia fazer?

Bom, vou dizer o que fiz.

Fiquei ali sentada por um minuto e averiguei quais eram minhas opções. Não havia muitas.

E foi assim que eu, Louisiana Elefante, sentei na direção do carro, dei a partida no motor, liguei a seta e peguei a estrada para procurar um dentista.

Quatro

Você talvez se surpreenda quando eu disser que nunca tinha dirigido um carro antes.

No entanto, eu certamente tinha passado muito tempo olhando a vovó dirigir e tinha aprendido algumas coisas.

Eu sabia que devia inclinar o corpo para a frente o máximo possível. Sabia que devia apertar o acelerador com o pé para fazer o carro andar. Também sabia mais ou menos onde ficava o freio. E girar o volante era fácil. Não tive nenhuma dificuldade em girar o volante.

Na estrada, vários caminhões enormes buzinaram para mim com toda a força enquanto passavam em disparada, e entendi isso como uma crítica ao fato de que eu não estava dirigindo rápido o suficiente.

Buzinei de volta para eles. Então, acelerei mais. Vovó gemia no banco traseiro.

– Não se preocupe, vovó! – gritei para ela. – Vou achar um dentista para você!

Ela não respondeu. Acho que estava sentindo tanta dor que tinha perdido a capacidade de formar palavras.

Eu nunca tinha visto a vovó naquele estado.

Senti um jorro de alegria percorrer meu corpo.

Acelerei o carro.

No banco de trás, vovó gemia sem parar, cada vez mais alto.

Eu estava amando dirigir!

Porém, depois de algum tempo dirigindo pela estrada a toda velocidade, me dei conta de que não sabia como achar um dentista.

Havia outdoors com propagandas de empreendimentos imobiliários, hotéis e tortas de noz-pecã (eu amo tortas de noz-pecã), mas não havia nenhuma placa indicando um dentista.

Percebi que ia ter que sair da rodovia.

De acordo com as placas, Richford era a cidade mais próxima.

Richford, Geórgia – parecia o tipo de cidade que teria um dentista.

Fui em direção à saída.

E foi então que meus problemas realmente começaram.

Dirigir numa rodovia é fácil. Sair da rodovia não é.

Pelo menos para mim não foi.

Eu sabia que precisava diminuir a velocidade. Sabia que o pedal do freio ficava perto do acelerador, então estiquei meu pé nessa direção e pisei no freio com toda a força.

O carro parou com uma rapidez surpreendente.

E também começou a girar, várias vezes.

Vovó foi lançada do banco de trás para o chão.

Saquinhos vazios de amendoim e outros objetos saíram voando no ar.

O carro parou tão rápido que minha vida inteira, e tudo o que já tinha acontecido comigo, passou como um raio pela minha mente.

Tenho apenas doze anos de idade, mas várias coisas emocionantes ocorreram nesses doze anos. Por exemplo, em 1975, fui coroada Pequena Rainha dos Pneus da Flórida Central e recebi um cheque de mil novecentos e setenta e cinco dólares.

Além disso, nesse mesmo ano, quase me afoguei e, quando estava embaixo d'água, vi a Fada Azul do Pinóquio. A Fada Azul é muito bonita. Não sei se você sabe disso. Ela é muito bonita e muito boazinha. E, quando eu estava embaixo d'água e quase me afogando, a Fada Azul abriu os braços para mim e sorriu. Seu cabelo azul flutuava acima da cabeça e ela estava cercada de luz.

Então chegou a Raymie e me salvou do afogamento, e a Fada Azul partiu flutuando. Foi embora na outra direção, para o fundo da lagoa. Parecia extremamente decepcionada.

Nunca contei isso para ninguém – que a Fada Azul apareceu para mim, e como ela parecia triste porque não fui junto com ela. Mas estou escrevendo isso agora.

Há um grande poder em escrever as coisas.

Mas, continuando com os pontos importantes da minha vida: meus pais eram famosos trapezistas, conhecidos como Elefantes Voadores. Eles estão mortos e eu não me lembro de nada sobre eles. Sempre conheci só a vovó. Ela sempre foi minha mãe e meu pai. Foi ela quem me ensinou tudo o que eu sei.

Tenho um gato chamado Archie.

E também tem o Buddy, o cachorro de um olho só. Ele é o Nosso Cão do Coração e mora com a Beverly, mas, na verdade, o Buddy pertence a todas nós – eu, a Raymie e a Beverly – porque o resgatamos juntas.

E, além disso, tem a maldição, é claro. A maldição começou porque meu bisavô (o mágico) serrou minha bisavó ao meio e se recusou a juntar as partes. Isso aconteceu no palco. Na frente de toda a plateia.

Esse ato, como você pode imaginar, teve vastas consequências desastrosas.

A maldição é uma maldição apartadora. E é uma maldição muito complexa e trágica.

Enfim, esses são os fatos importantes da minha vida, e pensei em todos eles no longo momento em que o carro girava e girava e os saquinhos de amendoim vazios voavam no ar.

Quando o carro parou de girar e os objetos pararam de voar e eu acabei de pensar, percebi que, por algum motivo, o carro tinha saído totalmente da estrada. Estava parado na grama, ao lado da rampa de saída.

Vovó ainda estava caída lá atrás.

Ouvi um grilo cricrilando. Grilos são sinal de boa sorte. É nisso que algumas pessoas acreditam.

Fiquei ali sentada ouvindo o grilo e pensei em como dirigir um carro era bem mais complicado do que eu tinha imaginado. Muitas coisas acabam sendo mais complicadas do que eu jamais tinha achado que seriam.

O grilo continuou cantando.

Tem um grilo na história do Pinóquio.

A maioria das pessoas não sabe disso, mas o Pinóquio mata o grilo, logo no começo da história. Sim, mata – com uma marreta! Sempre que o grilo aparece depois disso, é só um fantasma.

Você consegue imaginar como seria ser o fantasma de um grilo?

Com certeza é a coisa mais insubstancial que existe.

Devo dizer que isso não me parece nem um pouco um sinal de sorte.

Vovó subiu de novo no banco.

Ficou sentada e olhou em volta.

Disse sua nova palavra favorita – *dentista* –, então deitou outra vez e gemeu.

O carro ainda estava ligado. O motor dava umas cuspidas, mas ainda estava funcionando. E, sim, estávamos fora da estrada, mas imaginei que, se eu pisasse no acelerador, poderíamos entrar na estrada de novo e continuar nossa jornada.

E adivinhe só: eu estava certa.

Pisei no acelerador e o carro subiu roncando de volta para o asfalto.

Senti orgulho de mim mesma.

Continuei seguindo a estrada em direção a Richford, Geórgia. Dirigi com certo cuidado. Fiquei de olhos abertos procurando uma placa que dissesse *dentista*.

Cinco

É preciso fazer planos pequenos.

Essa é uma das coisas que descobri neste mundo. Não adianta fazer grandes planos, porque você nunca sabe quando alguém vai acordá-lo no meio da noite e dizer: "Chegou o dia do acerto de contas."

Dias do acerto de contas interferem em grandes planos.

Então fiz planos pequenos. Os planos eram: manter o carro na estrada. Encontrar um dentista. Nunca perdoar a vovó.

Se bem que, pensando melhor, nunca perdoar a vovó provavelmente se encaixava na categoria "grandes planos".

Vovó gemia. Dizia:

— Por que você me atormenta desse jeito? O que você quer de mim?

Ela também falava a palavra "dentista" de vez em quando.

Fiquei de boca fechada. Não ofereci à vovó nenhuma palavra de consolo.

E o que posso dizer em minha defesa, senão que eu estava muito brava e, também, que estava fazendo o melhor possível naquelas circunstâncias difíceis?

Achar um dentista não é tão fácil quanto se imagina.

Nada é tão fácil quanto se imagina.

Richford não era uma cidade grande. Passei por uma escola e por várias casas e por uma igreja, e também por um prédio cor-de-rosa de cimento que tinha uma placa na frente dizendo TAXIDERMIA DO BILL.

Como uma cidade podia ter um taxidermista num prédio cor-de-rosa de cimento mas não ter um dentista?

Vi uma mulher passeando com o cachorro na calçada e senti uma pontada de dor no coração.

Quem estava tomando conta do gato Archie?

Será que, neste exato momento, ele estava andando pela rodovia para vir me procurar? Ele já tinha feito isso antes – tinha achado o caminho até mim, de um jeito totalmente improvável.

— Onde está o Archie? — gritei para a vovó.

É claro que ela não respondeu.

Parecia cruel pressioná-la sobre esse assunto quando ela estava sentindo tanta dor, mas, assim que ela parasse de sentir dor, eu pretendia fazer exatamente isso: pressioná-la sobre esse assunto.

Enquanto isso, eu tinha que achar um dentista.

Parei o carro. Fiz isso pressionando o pedal dos freios muito devagar e com cuidado. E, quando o carro parou totalmente, baixei o vidro da janela e gritei para a mulher com o cachorro:

— Com licença, qual é o nome do seu cachorro?

Vovó gemia no banco de trás.

A mulher olhou para mim. Acho que ficou surpresa de ver uma criança atrás do volante de um carro. Bom, eu estava surpresa também.

Até aquele momento, o dia tinha sido muito surpreendente.

— Como? — disse a mulher.

— Seu cachorro tem nome?

— Ernest — ela disse.

— Eu tenho um gato chamado Archie — falei para ela. — E também tem um cachorro na minha vida. O nome dele é Buddy. Você talvez goste de saber que minhas amigas e eu agimos juntas para resgatar o Buddy de uma situação muito trágica. O Buddy é um cachorro de um olho só.

— Quantos anos você tem? — perguntou a mulher, estreitando os olhos.

— Essa é uma questão irrelevante na atual conjuntura — eu disse. — Não é mesmo?

Sorri para ela usando todos os meus dentes e perguntei:

— Por acaso a senhora saberia me dizer onde fica o dentista?

— O dr. Fox?

— Claro — eu disse.

— Tem certeza de que é uma boa ideia você dirigir? — disse a mulher.

— Tenho certeza — respondi. Olhei para ela de um jeito muito sério, como uma pessoa adulta olha para outra. — A situação é periclitante.

Vovó gemeu no banco de trás, como se tentando provar o que eu estava dizendo.

Sorri para a mulher outra vez.

Ernest, o cachorro, olhou para mim e abanou o rabo. Bichos de todo tipo sempre confiaram em mim imediatamente. Ernest tinha um rabo muito bonito, num tom de damasco brilhante.

— Admiro o seu rabo — eu disse para o Ernest.

Ele abanou o rabo ainda mais.

— Onde fica o dr. Fox? — perguntei para a mulher.

— Vire à esquerda na rua Glove — ela disse.

— E depois? — perguntei.

Vovó gemeu.

— Quem é essa no banco de trás? — falou a mulher.

— Essa no banco de trás é minha avó. Mas continuando com a explicação... depois de virar à esquerda na rua Glove, o que eu faço?

— O consultório do dr. Fox vai estar à sua direita.

— Muito obrigada — eu disse. — Tchau, Ernest.

Ernest abanou seu impressionante rabo. Fechei o vidro.

Aquela interação toda tinha me animado bastante. Eu tinha localizado um dentista. Tinha conhecido um cachorro chamado Ernest.

Além disso, gostei do fato de o dr. Fox ficar na rua Glove, porque, em inglês, *fox* é raposa e *glove* é luva, e as raposas parecem usar luvas.

Juntando as palavras, parecia uma canção. Comecei a cantar a canção do dr. Fox na rua Glove.

Onde fica o dr. Fox?
Vire à esquerda na rua Glove
e é só seguir em frente.
Vire à esquerda na rua Glove
e fique feliz e contente.

Vovó gemia no banco de trás.

Fiquei tão feliz e contente cantando a canção do dr. Fox que quase me esqueci das coisas terríveis que tinha sofrido nas mãos da vovó.

Quase.

Seis

O relógio no consultório do dr. Fox dizia que eram 9h47.

Fiquei espantada com o tanto de coisas que tinham acontecido desde as três da manhã.

Eu tinha sido sequestrada pela vovó. Tínhamos cruzado uma divisa estadual. Tínhamos ficado sem gasolina. Eu tinha comido catorze saquinhos (muito pequenos) de amendoim. Tinha visto minha vida inteira passar diante dos meus olhos. Tinha conhecido o Ernest. Tinha achado um dentista.

E tinha dirigido o carro!

— Minha nossa! — exclamei para a mulher atrás do balcão no consultório do dr. Fox. — Veja só que horas são! Tanta coisa aconteceu.

Eu ia contar para ela as minhas formidáveis façanhas, ou pelo menos algumas delas, mas a mulher muito claramente não estava de bom humor. Estava olhando fixo para mim e batendo um lápis no balcão. Seus lábios eram muito finos.

— Sim? — ela perguntou.

Sorri para ela e disse:

— Bom dia. Minha avó está precisando urgentemente de um dentista.

Achei que a recepcionista fosse dizer algo como "Muito bem, você veio ao lugar certo".

Mas ela não disse nada.

Em vez disso, baixou a cabeça e começou a folhear as páginas de uma agenda. Fiquei ali parada, esperando. O consultório tinha cheiro de hortelã e álcool de limpar machucados. Havia uma música vindo de cima. Uma espécie de música triste, sem palavras.

No balcão havia uma placa com letras brancas dizendo SRA. IVY.

Achei que era um nome muito bonito para alguém com lábios tão finos.

— Sra. Ivy? — eu disse.

Ela olhou para mim.

— É uma emergência — falei.

— Você tem consulta marcada com o dr. Fox?

– Não tenho consulta marcada porque é uma emergência – eu disse com muita paciência. – Não se pode marcar uma consulta para uma emergência, porque as emergências são totalmente imprevisíveis. Minha avó está sentindo muita dor.

– Infelizmente, já estamos com todos os horários lotados hoje – disse a sra. Ivy. Os lábios dela ficaram ainda mais finos.

– Posso falar com o dr. Fox? – perguntei.

– Certamente não pode – disse a sra. Ivy.

Só havia mais uma pessoa na sala de espera, uma mulher mais velha fazendo palavras cruzadas e fingindo não notar que a recepcionista e eu estávamos travando uma batalha de vontades.

Era assim que a vovó chamava esse tipo de situação: uma batalha de vontades. Ela sempre me dizia que eu podia vencer qualquer batalha de vontades. "Seu adversário estará disposto a desistir em algum momento, mas você jamais deve desistir. O truque é nunca desistir. Seja astuta. E lembre-se: nunca recuar. Você não deve recuar jamais."

Então, em vez de recuar, eu fui astuta. Andei até a sala de espera e sentei bem ao lado da mulher das palavras cruzadas. Havia um quadro acima da cabeça dela, mostrando árvores verdes sob a luz do sol. No canto

—41

esquerdo da pintura, numa poça escura de sombras, havia uma raposa sentada.

Fiquei com as mãos atrás das costas, pensando naquele quadro. Será que a raposa pretendia representar o dr. Fox, o dentista?

— O que você está fazendo? — perguntou a sra. Ivy.

— Estou contemplando o quadro — eu disse, sem olhar para ela. — Não preciso de consulta marcada para contemplar o quadro, preciso?

A mulher com a revista de palavras cruzadas olhou para mim e sorriu.

— Olá — eu disse.

— Olá — falou a mulher.

— Você está fazendo palavras cruzadas nível difícil ou fácil?

— Nível médio — a mulher respondeu.

Ela tinha cara de boazinha. Além disso, fazer palavras cruzadas nível médio — nem muito difícil, nem muito fácil — fez com que ela me parecesse uma pessoa digna de confiança.

— A senhora estaria disposta a dar sua consulta marcada para uma pessoa sentindo dores terríveis? — perguntei.

— Como? — disse a mulher das palavras cruzadas.

— Minha avó precisa de ajuda — falei. — E fiquei pensando se, por acaso, você poderia doar sua consulta com o dr. Fox para ela.

— Infelizmente, não tenho nenhuma consulta para doar — disse a mulher. — A consulta é do meu marido. Ele está ali dentro agora, fazendo uma limpeza dentária.

— Você precisa se retirar — disse a sra. Ivy.

Presumi que a sra. Ivy estava falando comigo e não com a mulher das palavras cruzadas nível médio, mas eu não tinha intenção alguma de me retirar, e, no meu caso, aquilo já não importava mais.

Porque, nesse exato instante, vovó abriu a porta do consultório do dr. Fox e entrou cambaleando, com a mão na boca.

Ela estava uivando de um jeito realmente impressionante.

Sete

A sra. Ivy deu um gritinho de surpresa com seus lábios finos.

A mulher das palavras cruzadas levantou da cadeira.

— Cruzes! — ela disse. A revista de palavras cruzadas caiu das mãos dela e foi parar no chão.

— Me ajude — pediu vovó para a sra. Ivy.

— Estamos com todos os horários lotados hoje — a sra. Ivy disse, mas não parecia ter muita certeza do que dizia.

O tempo das certezas claramente havia terminado. Vovó gritou:

— Argggggghhhh! Me ajude!

Ela estava usando seu casaco de pele. Seus cabelos estavam totalmente arrepiados. De repente, vi a vovó como as outras pessoas talvez a vejam, e não vou mentir: fiquei espantada.

Como posso dizer?

Ela não parecia digna de confiança.

Parecia uma pessoa com uma maldição nas costas.

O que, é claro, era exatamente a verdade.

– Vovó – eu disse.

E então um homenzinho de avental branco saiu de trás de uma porta fechada. Perguntou:

– Tem algum problema aqui, sra. Ivy?

A sra. Ivy disse:

– Só um pequeno conflito nos horários, dr. Fox. Não precisa se preocupar.

Vovó estendeu os braços.

– Não se aproxime! – disse a sra. Ivy.

Mas era tarde demais. Vovó foi correndo na direção do dr. Fox e, quando chegou até ele, caiu de joelhos e agarrou os pés do homem.

Bom, o que o dr. Fox podia fazer?

Ele levou a vovó para sua sala.

A sra. Ivy não gostou disso.

Tinha sido vencida na batalha de vontades.

Sentou de volta atrás do balcão.

Seus lábios ficaram tão finos que desapareceram totalmente.

No fim das contas, a vovó não tinha um dente podre.

Todos estavam podres.

Foi isso que o dr. Fox me disse quando saiu da sala. Ficou parado na minha frente com seu avental branco, ajeitou seus oclinhos e disse:

— Infelizmente, a infecção era profunda e sistêmica.

Olhei para ele e pensei que não parecia uma raposa, de jeito nenhum. Parecia mais um camundongo. O nariz dele, principalmente, era minúsculo como o de um camundongo e tinha umas contrações nervosas enquanto ele falava.

— Profunda — repetiu o dr. Fox. — Sistêmica.

— Ai, minha nossa! — eu disse, curvando o corpo para a frente. De repente eu não conseguia mais respirar direito. Tenho pulmões muito úmidos e, em momentos de abalo emocional, eles às vezes falham.

Carol Anne segurou minha mão e apertou com força. Eu apertei de volta. Carol Anne era a mulher das palavras cruzadas nível médio, e tínhamos ficado amigas íntimas enquanto o dr. Fox estava ocupado arrancando um por um todos os dentes da vovó.

Carol Anne era uma bibliotecária aposentada, e tínhamos passado um tempo falando dos nossos livros favoritos. Ela conhecia muito bem a história do

Pinóquio e até sabia que ele matava o grilo com uma marreta no começo do livro.

Carol Anne ia visitar os netos depois da limpeza dentária do marido. Ia levar para eles uns cookies com gotas de chocolate e, quando percebeu como eu estava esfomeada, fez questão de ir buscar esses cookies no carro para me dar alguns.

Os cookies estavam em uma lata vermelha de Natal com uma guirlanda verde na tampa. Havia pontinhos brancos em relevo na lata, supostamente representando alegres flocos de neve.

Além de gotas de chocolate, os cookies também tinham nozes, e isso foi uma surpresa. Não eram nozes-pecã, que são minhas favoritas, mas as nozes normais também são boas.

Eu tinha comido cinco cookies com nozes e gotas de chocolate. A lata de Natal ainda estava no meu colo.

Olhei para a lata depois que o dr. Fox me deu aquela notícia dentária. Passei os dedos nos flocos de neve em relevo. Olhei para a guirlanda. Era uma lata muito simpática, mas, para falar a verdade, não foi suficiente para me alegrar. Minha situação estava cada vez mais periclitante.

— Ela vai precisar se recuperar, é claro — disse o dr. Fox. — Antibióticos, analgésicos e repouso. É um choque e tanto quando todos os dentes são extraídos de uma vez só.

Eu respirei fundo. Olhei para o dr. Fox.

— Todos eles? — eu disse. — Não sobrou nem mesmo um dente na boca dela?

Quem seria a vovó sem os seus dentes? As pessoas podiam falar o que quisessem da vovó (ela mentia, ela roubava, ela tinha uma maldição nas costas: tudo isso era verdade), mas pelo menos ela era, com toda a certeza, o tipo de pessoa que sorria bastante. Usava muito os seus dentes.

— Pois é — disse o dr. Fox. — Achei melhor preparar você para esta notícia.

— Vai ficar tudo bem — falou Carol Anne. Ela apertou minha mão de novo.

Eu queria acreditar nela.

Olhei para o dr. Fox, o camundongo dentista. Olhei bem nos olhos dele. Disse:

— Muito obrigada por cuidar da minha avó.

Notei que havia uma mancha de sangue no avental branco do dr. Fox. Era só uma gotinha e parecia algo saído de um conto de fadas, como uma espetadela no dedo da Bela Adormecida. Me deu vontade de chorar. Mas então vi a sra. Ivy sentada atrás do balcão, com um olhar de reprovação, e pensei: "Bom, não vou dar esse gostinho para ela."

E não dei.

E, depois disso, ainda havia a questão da conta.

Foi o que a sra. Ivy disse.

— Ainda há a questão da conta. Os serviços do dr. Fox não são gratuitos.

— Não imaginei que fossem — eu disse. — Pode nos enviar a conta pelo correio.

E imediatamente inventei uma pessoa e um endereço.

— Pode mandar a conta para o meu avô — eu disse. — Ele paga todas as nossas contas. O nome dele é William Sunder. O endereço é Rua da Fada Azul, 1221, Lister, Flórida. A vovó e eu estamos só de passagem. Estamos de férias.

Foi uma enorme satisfação mentir para a sra. Ivy.

Porém a satisfação não durou muito, pois vovó surgiu de dentro da sala do dentista. Além de estar desdentada, parecia desnorteada, como se alguém tivesse batido na cabeça dela com um objeto pesadíssimo.

Fui atrás da vovó quando ela saiu pela porta do consultório e foi cambaleando até o estacionamento. Disse:

— Vovó, o dr. Fox falou que você precisa se recuperar. Eu sou perfeitamente capaz de dirigir, como demonstrei hoje cedo. Você pode se recuperar no banco de trás, e eu dirijo.

Vovó virou para mim e estendeu a mão. Disse:

— Louisiana, me dê as chaves.

A voz dela estava estranha. Abafada, incerta, banguela. Não parecia nem um pouco a vovó. Era assustador.

O que eu podia fazer?

Entreguei as chaves para ela.

Entramos no carro, e vovó sentou na direção. Saímos do estacionamento do dr. Fox e seguimos a rua. O rosto da vovó estava muito pálido. Ela dirigia devagar, olhando para a rua de modo sombrio e decidido.

— Aonde estamos indo? – perguntei.

— Não me incomode com perguntas irrelevantes, Louisiana – ela disse com sua nova voz perturbadora.

Bom, "Aonde estamos indo?" não me parecia uma pergunta irrelevante.

Parecia a pergunta mais relevante de todas.

Mas então lembrei que estava brava com a vovó. Lembrei que não estava falando com ela. E decidi que, além de não falar com ela, nunca mais faria nenhuma pergunta para a vovó.

Nós seguimos pela estrada até chegar a um motel chamado Boa Noite, Viajante.

Era um motel pequeno, com uma placa enorme que mostrava uma vela gigante em neon e letras de neon formando o nome BOA NOITE VIAJANTE. Na janela da recepção havia outra placa pintada, que dizia *Dormir e sonhar faz a vida melhorar.*

Era uma frase com a qual eu concordava muito, principalmente porque não tinha dormido direito na noite anterior – por ter sido acordada às três da manhã com a vovó dizendo que o dia do acerto de contas tinha chegado.

— Nós vamos ficar aqui? – perguntei para ela.

E então lembrei que não estava falando com ela e nunca mais lhe faria nenhuma pergunta.

Vovó virou-se para mim e disse:

— Entre lá. Use o seu charme e consiga um quarto para nós, Louisiana.

Eu olhei para ela. Ela olhou para mim. Lançamos raios fulminantes uma para a outra com os olhos. Estávamos travando uma ferrenha batalha de vontades!

Mas, depois de muito tempo, desviei o olhar.

Vovó tinha vencido. Mesmo sem dentes, ela tinha vencido. Ela ainda era uma potência a ser considerada.

Saí do carro. Bati a porta com toda a força que tinha.

Oito

Logo antes de entrar na recepção do Boa Noite, Viajante, vi um corvo pousado no telhado, olhando para mim.

As penas dele eram muito pretas.

– Olá – eu disse para o corvo. Ele inclinou a cabeça. O sol fazia suas asas brilharem.

Vovó buzinou para mim.

– Bom – eu disse para o corvo –, como você vê, não sou eu que mando aqui, por isso acho que tenho que ir.

O corvo inclinou a cabeça de novo, então bateu asas e voou para longe.

Eu ainda estava segurando a lata de cookies de Natal da Carol Anne. A última coisa que Carol Anne havia me dito foi: "Querida, fique com esses cookies. Pode ficar com a lata inteira."

Como eu disse antes, existe bondade em muitos corações.

Na maioria dos corações.

Vovó buzinou de novo. Levantei a lata mais alto para tapar meu coração, como um escudo. Abri a porta e entrei no Boa Noite, Viajante para usar meu charme e conseguir um quarto para nós.

Que escolha eu tinha?

A boa notícia é que havia uma daquelas máquinas de produtos no saguão do motel, e ela estava repleta de todo tipo de coisas incríveis. Havia escovas de dente com tubinhos de pasta, e barras de chocolate com caramelo e nozes, e também saquinhos de amendoim e capas de chuva dobradas em quadradinhos, e pacotes de bolachas recheadas com queijo cor de laranja.

Aquela máquina era um milagre tão grande que fiquei ali parada contemplando e quase me perguntei se estava sonhando. Mas então a vovó buzinou outra vez e eu soube que não era um sonho.

Nada daquilo era um sonho.

Abri a segunda porta e fui até o fundo da recepção do Boa Noite, Viajante. No chão havia um carpete felpudo de quadradinhos pretos e vermelhos.

E também havia um jacaré.

Estava morto, é claro.

Mas estava morto numa pose feroz. Com a boca aberta e todos os dentes à mostra.

— Posso ajudar? — disse a mulher atrás do balcão. Ela tinha bobes enrolados no cabelo.

— Olá — eu disse. Sorri usando todos os meus dentes. — Minha avó está se recuperando de uma cirurgia dentária recente, e nós precisamos de um quarto.

— Pagamento adiantado — avisou a mulher. Ela apontou para uma placa na parede com a lista de preços dos quartos em tinta vermelha. Era uma placa muito enfática.

— Bom, minha nossa — eu disse, depois de examinar a placa fingindo interesse. — Você gostaria de um cookie com gotas de chocolate e nozes?

— Você está vendendo?

— Não — respondi. — Estou compartilhando.

Abri a lata e estendi para ela. Ela pegou dois cookies.

— Simpático este motel — eu disse. — Gostei da sua máquina de produtos e do seu jacaré.

A mulher encolheu os ombros. Disse:

— Sou dona de tudo isto, que maravilha, e quem se importa? Nunca quis ficar com este motel, muito menos com o jacaré. Mas aqui é assim que as coisas acontecem. Acordo de divórcio. Você acaba ficando com todo tipo de coisa que não quer.

— É mesmo? — eu disse.

A mulher deu uma mordida num dos cookies e me examinou com o olhar.

— Não me peça nada — ela disse.

— O que eu pediria para você?

— Assistência. Compaixão. Sei lá. Você claramente tem uma história de desgraça, e eu não quero saber.

— Bom, como eu disse, minha avó está no carro, se recuperando de uma cirurgia dentária. Vou lá falar para ela que temos que pagar adiantado. É ela que cuida do dinheiro.

— Cirurgia dentária — disse a mulher.

— Cirurgia dentária — repeti. — E outras coisas trágicas ocorreram, mas talvez seja melhor eu não falar delas agora.

— Exato. Não fale.

Olhei fixo para a mulher e ela olhou fixo de volta para mim.

Vovó sempre falava que longos silêncios deixam as pessoas desconfortáveis, e que às vezes elas acabam dizendo ou fazendo coisas que não diriam ou fariam normalmente só para preencher o silêncio.

Mas esse não era o caso da mulher de bobes no cabelo. Fui eu que quebrei o silêncio. Disse:

— Você teria um telefone que eu possa usar?

— Obviamente tenho um telefone. Mas você não vai usar.

— Tem pessoas que devem estar se perguntando onde eu estou – eu disse.

— Não vou me envolver em nada disso – falou a mulher, limpando as migalhas de cookies das mãos.

— Ok – eu disse. – Meu nome é Louisiana. Qual é o seu?

A mulher estreitou os olhos.

— Que diferença faz o meu nome? Você não vai usar o telefone mesmo assim. E vai ter que pagar adiantado pelo quarto de qualquer jeito.

Sorri para ela.

— Ah, pelo amor de Deus – ela disse. – Meu nome é Bernice.

Continuei sorrindo e disse:

— Bernice, esses bobes realmente fazem o seu cabelo ficar cacheado?

— Por que eu perderia tempo colocando bobes se eles não fizessem meu cabelo ficar cacheado? Vá buscar sua vovó. Nada é de graça neste mundo e eu não sou uma instituição de caridade, como você certamente já constatou.

Bernice tinha razão.
Eu tinha constatado exatamente isso.
Fui buscar a vovó no carro.

O Boa Noite, Viajante era um motel muito limpo.
Eu sei porque olhei embaixo da cama, que é a primeira coisa que eu faço sempre que entro num quarto de motel. Antes de a vovó e eu nos instalarmos naquela casa na Flórida, ficamos hospedadas em muitíssimos quartos de motel, e eu tinha uma coleção de todas as coisas que achei jogadas embaixo das camas: um carretel de fio (verde); uma caneta esferográfica dizendo SCHWARTZ ESCAVAÇÕES (a tinta estava seca, mas eu gostava muito da palavra *escavações*); grampos de cabelo (sempre tem pelo menos um grampo de cabelo embaixo de uma cama de motel; não sei por quê, mas é assim); clipes de papel; a carta de alguém para um certo tio Al.

A carta começava dizendo "Querido tio Al". Não lembro o que dizia o resto, mas fiquei feliz de saber que, em algum lugar no mundo, havia um tio Al. Fingi que ele era meu tio e que era do tipo que tirava moedas da minha orelha e me oferecia algodão-doce e sacos enormes de amendoim torrado quando me levava para ver o jogo de beisebol.

Uma vez, na cidade de Lucas, no Alabama, olhei embaixo de uma cama de motel e achei o esqueleto de um camundongo. Guardei isso também. Não tenho medo de camundongos. Nem dos esqueletos deles.

Mas, quando nos mudamos para a casa na Flórida, e a Beverly e a Raymie viraram minhas amigas, joguei fora minha coleção de coisas que tinha achado embaixo de camas de motéis, porque pensei que essa parte da minha vida tinha acabado.

Bom, acho que estava enganada.

De qualquer modo, o que estou tentando dizer aqui é que não havia absolutamente nada embaixo da cama do Boa Noite, Viajante, nem mesmo um grampo de cabelo.

O espelho do banheiro não tinha nenhuma mancha, e na privada havia uma faixa dizendo DESINFETADO PARA SUA PROTEÇÃO.

Os copos de água estavam embrulhados em papel.

O Boa Noite, Viajante era muito limpo e tinha até dois suportes para bagagem – um para a mala da vovó e um para a minha.

Além disso, havia um telefone no quarto, mas tinha um minicadeado bloqueando o disco, para ninguém poder usar sem uma chave.

Vovó me viu olhando para o telefone e disse:

— Não faça nenhum telefonema, Louisiana!

Como se eu pudesse fazer.

Então a vovó deitou na cama, puxou a coberta até cobrir a cabeça e ficou, para todos os efeitos, invisível.

Virei de costas e olhei as cortinas, que estavam empurradas para o lado e tinham pequenas palmeiras estampadas.

Um corvo passou voando. Era o mesmo corvo que estava sentado no telhado da recepção do motel. Reconheci pelas penas brilhantes.

— Olá! — gritei para o corvo.

— Feche essas cortinas imediatamente — disse vovó. A cabeça dela estava totalmente embaixo da coberta e ela não tinha mais nenhum dente, mas ela ainda sabia exatamente o que todo mundo estava fazendo e podia mandar fazer de outro jeito.

Não me parecia que os poderes dela tinham diminuído nem um pouco.

Era muito frustrante.

Fechei as cortinas de palmeiras. Tem algo de triste em ver palmeiras enfeitando as cortinas quando você não está na Flórida, mas sim na Geórgia. O símbolo da Geórgia é o pêssego. Por que as cortinas não eram estampadas com pêssegos? Era isso que eu queria saber.

As cortinas deveriam ser apropriadas ao seu estado. Muitas coisas, na verdade, deveriam ser diferentes de como são.

Nove

Esperei até a vovó cair no sono e começar a roncar, então saí do quarto.

Era fim de tarde e tudo estava em silêncio. Fiquei ali parada, olhando para o nosso carro. Vovó estava com as chaves embaixo do travesseiro, e o travesseiro estava, é claro, embaixo da cabeça dela.

Mas eu era astuta. E achava que era astuta o suficiente para roubar as chaves, roubar o carro e dirigir de volta até a Flórida.

Só que eu não sabia em que direção ficava a Flórida.

Bom, ficava no sul, é claro.

Mas como eu ia saber onde era o sul? Como era possível saber onde era o sul quando havia tantas direções neste mundo? Nordeste. Sudoeste. As pessoas podem apontar, e estudar mapas, e dizer as palavras "sul" e "leste" e parecer muito inteligentes quando dizem isso, mas as direções sempre me confundiram.

Também havia o fato de que eu não tinha dinheiro nenhum para a gasolina. Nem para a comida.

E, além disso, como eu poderia deixar a vovó sozinha num quarto de motel, sem dentes e sem carro?

Parecia cruel.

Estava pensando em tudo isso quando alguém assobiou e o corvo — aquele mesmo corvo — passou voando por mim num vulto de penas reluzentes. Passou tão perto que senti até um ventinho no rosto.

Olhei para cima e, ora, vejam só, o que foi que eu avistei?

Um menino. Em cima do telhado do Boa Noite, Viajante.

E o corvo estava empoleirado no ombro do menino.

— Ei! — o menino disse. Ele estava descalço. Usava um shorts azul e uma camiseta branca, e seu cabelo era tão curtinho que parecia arrepiado, brilhando sob a luz.

— Olá! — eu respondi.

— Sabe aquela máquina de produtos que tem na recepção?

— Sei — eu disse.

— Eu vi você olhando para ela hoje cedo.

— E daí?

— E daí que eu posso lhe dar tudo o que você quiser daquela máquina. Qualquer coisa mesmo. É só você dizer.

Meu coração pareceu crescer dentro do peito quando ouvi essas palavras. Vi a máquina como se estivesse bem na minha frente. Brilhava com todos os seus objetos especiais — canetas esferográficas, bolachas com recheio de queijo, barras de chocolate, capas de chuva —, cada um irradiando seu próprio brilho.

— Minha nossa! — eu disse para ele.

— Tudo o que você quiser. — Ele sorriu. Parecia um pirata, ali parado com o corvo empoleirado no ombro.

E então Bernice saiu da recepção do motel com uma vassoura na mão e os bobes ainda no cabelo.

— Quantas vezes vou ter que repetir? — ela gritou, sacudindo a vassoura. — Desça do meu telhado! Desça já daí!

Bernice brandia a vassoura na direção do telhado. Pulava para cima e para baixo.

— Desça daí — disse Bernice. — Não estou brincando.

— A gente se vê depois — disse o menino, olhando direto para mim. — Vamos, Clarence.

O pássaro (Clarence!) levantou voo; o menino foi correndo até a outra ponta do telhado e segurou o galho de um grande carvalho que ficava ao lado do Boa Noite, Viajante, então desapareceu também.

— Não acredite numa palavra do que ele diz — falou Bernice, virando-se para mim.

Mas era tarde demais.

Eu já acreditava totalmente nele. Acreditava em tudo o que ele dizia.

Mal podia esperar para fazer minha seleção na máquina de produtos.

E então me dei conta de duas coisas ao mesmo tempo. A primeira era que eu sabia o nome do corvo, mas não o do menino.

A segunda coisa que me ocorreu é que eu me sentia muito esperançosa.

Sim. Pela primeira vez desde que tínhamos cruzado a divisa estadual entre a Flórida e a Geórgia, eu — Louisiana Elefante — estava cheia de esperanças.

Dez

Minhas esperanças não duraram muito.

Acontece que a vovó só tinha pagado por uma única noite no Boa Noite, Viajante, e, às onze horas da manhã seguinte, Bernice estava batendo na nossa porta e dizendo:

– Ou vocês pagam agora, ou vocês vão embora. Muito obrigada.

Ela ainda tinha bobes no cabelo.

– Estou me recuperando de um episódio traumático – disse vovó com sua nova voz banguela. Estava parada na porta, só de camisola. Suas pernas eram brancas e esqueléticas. Ela parecia um fantasma atormentado.

Bernice disse:

— Não tenho o mínimo interesse em histórias de desgraça. O que me interessa é saber se vocês vão pagar mais uma noite ou se vão fazer as malas e ir embora. Uma coisa ou outra.

— Muito bem — vovó disse. — Dinheiro eu não tenho. Mas tenho a Louisiana.

— O quê? — perguntou Bernice.

— Louisiana — disse vovó. — Venha cá.

Fui para a frente da vovó. Ela pôs as mãos nos meus ombros. Senti os dedos dela tremendo. Nunca tinha visto a vovó tremer. E as mãos dela estavam quentes. Como se ela estivesse pegando fogo.

— Ela canta — disse vovó para a Bernice.

— E daí? — falou Bernice.

— Ela canta como um anjo — disse vovó.

Fiquei ali, com as mãos trêmulas e febris da vovó nos meus ombros, e senti uma onda de escuridão e desespero me engolir.

O que seria de nós?

O que seria de mim?

Pensei no menino no telhado e no corvo chamado Clarence e na máquina repleta de produtos maravilhosos.

Pensei na Beverly e na Raymie.

Pensei no Archie e no Buddy.

Senti saudade deles. Saudade de todo mundo.

Queria voltar para casa.

Mas quem se importava com o que eu queria? Certamente não a vovó.

E foi assim que eu fui parar na Igreja Luterana do Bom Pastor, usando meu melhor vestido, preparada para cantar para uma pessoa chamada srta. Lulu, que era a organista da igreja e tinha decidido logo de cara que não ia gostar de mim.

E tudo bem, porque certamente não gostei dela.

Quando Bernice e eu chegamos, a srta. Lulu estava tocando órgão. Estava martelando nas teclas uma música de Bach, e senti um pouco de pena do Bach, porque o coração da srta. Lulu claramente não estava nem um pouco envolvido na música. Era muito doloroso ouvir aquela mulher tocar.

Você tem que estar com o coração envolvido na música, senão não faz sentido algum. É isso que a vovó sempre me disse, e acredito que seja verdade.

Além disso, a srta. Lulu estava chupando uma bala de caramelo enquanto tocava. Dava para sentir o cheiro. Não é nem um pouco profissional chupar uma bala de caramelo e tocar órgão ao mesmo tempo.

A srta. Lulu nos fez esperar que ela terminasse de tocar a música de Bach até o final. Então, virou-se e disse:

— Boa tarde, Bernice.

— Olá, srta. Lulu — disse Bernice. — Aqui estamos nós, embora eu não saiba exatamente por quê.

Bernice estava com uma cara um tanto confusa.

Era porque ela estava lidando com a vovó. Eu já tinha visto várias pessoas fazerem aquela mesma cara. Bernice estava se perguntando como exatamente tinha sido convencida a fazer aquilo.

Vovó tinha um estranho poder sobre as pessoas, mesmo sem os dentes.

— Conte de novo a história dessa criança — disse a srta. Lulu, revirando a bala de caramelo dentro da boca.

A srta. Lulu tinha cabelos cacheados. Os cachos balançavam enquanto ela falava.

Cachos (ou a esperança de cachos) pareciam ser muito populares em Richford, Geórgia.

— Bom — começou Bernice, dando um suspiro. — Ela e a avó estão hospedadas no motel e não podem pagar mais uma noite.

— Que coisa terrível, não? — disse a srta. Lulu. — Essa gente.

Ela mexeu a cabeça e os cachos balançaram para cima e para baixo, e o cheiro de caramelo se espalhou no ar.

Acho que as pessoas não deveriam chupar balas sem compartilhar com as outras.

Havia uma janela com um vitral colorido acima da cabeça da srta. Lulu, e, apertando os olhos, eu podia transformar todas as cores da janela num caleidoscópio e também deixar o rosto e os cachos da srta. Lulu borrados, então foi isso que fiz e foi muito reconfortante.

Enquanto isso, Bernice continuava falando:

— A avó disse que esta menina sabe cantar. Disse que eu posso ganhar dinheiro mandando a menina cantar em funerais e casamentos. E já que é você que toca órgão nos casamentos e nos funerais, pensei em lhe ligar e, enfim, aqui estamos.

A srta. Lulu me examinou de cima a baixo.

Examinei-a de cima a baixo também.

A meia-calça dela estava desfiada. Suas unhas estavam todas roídas. E daí que ela tinha cachos balançantes?

— Bom — disse a srta. Lulu —, não me parece muito provável, não é mesmo? Essa menina parece ter sido arrastada por uma ventania.

Bernice deu um suspiro.

— Eu sei — ela disse. — E, cruzes!, você devia ter visto a avó. Tenho a sensação de que elas estão me engambelando. E não gosto de ser engambelada. Já basta uma vez.

— Pois é. Bom, o Bill não era flor que se cheire. E o amor faz a gente fazer bobagens — disse a srta. Lulu.
— Mas pelo menos você ficou com o motel.

Bernice deu uma bufada.

A srta. Lulu disse:

— Na verdade, acontece muito de as pessoas pedirem para alguém cantar num funeral, e desde que a Idabelle Bleeker faleceu não tem ninguém com voz boa o suficiente para isso.

— Por acaso tem um telefone que eu poderia usar, srta. Lulu? — eu disse, na esperança de ter mais sucesso com um ataque-surpresa. Eu tinha visto a sala do pastor no caminho para o altar. A porta estava fechada, mas havia uma placa dizendo:

SALA DO PASTOR
REVERENDO FRANK OBERTASK
APOIO, CONSELHOS, PALAVRAS DE CURA

Eu não estava especialmente interessada em receber apoio, conselhos, nem palavras de cura.

Mas toda administração de igreja tem um telefone. Eu podia entrar na sala do reverendo Obertask, pegar o telefone e ligar para a Beverly ou para a Raymie e pedir para elas virem me buscar!

— O quê? – perguntou a srta. Lulu.

— Preciso ligar para uma pessoa – respondi.

— Ignore – falou Bernice. – Essa menina é estranha.

E disse para mim:

— Não viemos aqui para você dar telefonemas. Viemos para ver se você sabe cantar.

A srta. Lulu tocou uns acordes dramáticos no órgão. Então disse:

—Vamos tocar "Glória, glória, aleluia".

Bom, essa música eu conheço.

A srta. Lulu começou a tocar, e eu abri a boca e cantei. Cantei como se minha vida dependesse disso. O que, de certa forma, era verdade. Ou pelo menos meu quarto no Boa Noite, Viajante dependia disso.

Cantei como se a Fada Azul do *Pinóquio* estivesse sorrindo para mim. Cantei como se a Beverly e a Raymie e o Archie e o Buddy pudessem me ouvir e fossem usar a música para achar o caminho até mim. Cantei como se soubesse o nome do menino no telhado. Cantei como se ele soubesse o meu nome também.

O sol da Geórgia brilhava pelo vitral colorido da janela. A certa altura, a srta. Lulu parou de tocar e só ficou ali sentada com as mãos nas teclas, olhando para mim.

O vitral projetava um grande borrão alaranjado no rosto dela e uma luz verde intensa em um de seus muitos cachos. Tudo isso era bom, porque fazia com que ela parecesse um pouco mais simpática.

Eu continuei cantando.

Bernice estava chorando. As lágrimas escorriam no rosto dela.

O mundo tinha cheiro de balas de caramelo não compartilhadas, e poeira e cera de abelha. Tudo estava partido: eu sabia disso. Mas senti que poderia consertar, se apenas continuasse cantando. E por isso continuei.

É bom ter um talento neste mundo.

Quando terminei de cantar, houve um longo silêncio.

Bernice deu uma fungada e disse:

– Que Deus abençoe esta menina. Acho que a gente nunca sabe as riquezas que as pessoas têm dentro delas.

Então a srta. Lulu me perguntou se eu gostava de pão de ló.

Eu disse que certamente gostava.

Minha nossa, quem é que não gosta de pão de ló?

Nós três descemos para o saguão social, e a srta. Lulu me deu um pedaço de bolo num pratinho de porcelana cheio de flores cor-de-rosa na borda. Era um prato muito bonito.

Sentei numa cadeira dobrável de metal que gelou minhas pernas e comi o pedaço de bolo inteiro, sem me dar ao trabalho de falar entre as mordidas.

A srta. Lulu e Bernice ficaram me olhando.

– Quem ensinou você a cantar? – perguntou a srta. Lulu quando acabei de comer.

– Minha avó – eu disse, lambendo as migalhas de pão de ló do meu garfo.

A srta. Lulu fez um gesto de aprovação com a cabeça. Seus cachos balançaram para cima e para baixo.

– Você usa bobes ou seu cabelo é naturalmente cacheado? – perguntei.

A srta. Lulu me olhou com a boca escancarada. Era como se eu tivesse pedido para ela resolver o problema de matemática mais difícil do mundo. Eu estava começando a achar que ela não era uma mulher muito inteligente.

A srta. Lulu virou para Bernice e disse:

– Tem um funeral na sexta. Hazel Elkhorn. Eu vou tocar órgão. Tenho certeza de que a família Elkhorn gostaria de ter alguém para cantar.

Bernice concordou lentamente com a cabeça. Seu rosto estava inchado de tanto chorar.

– Vamos começar assim e ver o que acontece. Quanto nós devemos cobrar?

E já que eu tinha acabado de comer o pão de ló, e já que era quase como se eu fosse invisível para elas enquanto faziam seu planejamento e cogitavam como ganhar dinheiro à minha custa, me levantei e disse:

— Com licença, já volto.

Subi a escada, saí do saguão da igreja e bati na porta da sala do reverendo Frank Obertask, e, já que o reverendo Obertask não respondeu, abri a porta e entrei. E lá estava: um telefone. Em cima da mesa. Como imaginei que seria.

Meu coração bateu muito depressa.

Minha salvação e meu resgate estavam ao meu alcance!

Onze

    Além de estar com o coração batendo depressa, eu sentia meus pulmões muito úmidos.

    Eu me curvei para a frente, pus as mãos nos joelhos e respirei fundo. Olhei para a sala à minha volta. Estava cheia de livros. Tinha livros empilhados na mesa e no chão. As paredes eram forradas de estantes, e as estantes estavam abarrotadas de livros.

    Minha nossa, era um montão de livros.

    Quem quer que fosse o reverendo Frank Obertask, ele certamente acreditava no poder da palavra escrita. E não achei isso ruim, porque também acredito no poder da palavra escrita. Por exemplo, acredito nestas palavras que estou escrevendo porque são a verdade sobre o que aconteceu comigo.

Refleti sobre o poder da palavra escrita enquanto respirava fundo e acalmava meus pulmões, e então me endireitei, andei até a mesa e peguei o telefone. Ouvi o tom de discagem.

Tudo estava dando exatamente certo.

Mas ainda havia um pequeno obstáculo.

O pequeno obstáculo era que eu não sabia o número do telefone da Raymie.

Nem da Beverly.

Eu não sabia os números delas porque nunca tinha ligado para elas.

Vovó não acreditava em ter um telefone em casa. Dizia que era só mais um jeito de as autoridades controlarem a nossa vida. "Para que precisamos de um telefone, querida? A população em geral não precisa saber do nosso paradeiro, e as pessoas que nos amam sempre podem nos encontrar."

Era isso que a vovó dizia.

Mas não é verdade, certo?

As pessoas que nos amam nem sempre podem nos encontrar, não é mesmo? Senão eu não estaria escrevendo estas palavras.

Sempre existem obstáculos interrompendo nosso caminho.

Mas eu tinha um plano para superar pelo menos um obstáculo! Eu ia pedir ajuda para a telefonista.

Peguei o telefone e disquei, e uma mulher atendeu imediatamente, dizendo:

— Serviço de apoio à lista. Que cidade, por favor?

— Lister, Flórida! — gritei. Parecia que eu estava num programa de auditório importante e tinha que dar as respostas certas com muita exatidão e rapidez.

— Nome?

— Raymie Clarke, e *Clarke* tem um *e* no final!

Houve um longo momento de silêncio.

— Há cinco números listados com o sobrenome Clarke. Nenhum deles é Raymie. Gostaria de tentar outro nome?

— Sim! — gritei.

— Qual outro nome, por favor?

— Beverly Tapinski!

— Pode soletrar o sobrenome, por favor? — disse a telefonista.

Eu soletrei, então houve um longo e triste silêncio.

A telefonista limpou a garganta. Disse:

— Sinto muito, meu bem, mas não tem nenhum Tapinski em Lister, Flórida.

— Tem, sim — eu disse.

— Bom, talvez tenha — disse a telefonista. — Mas não tem nenhum *número* listado com o nome Tapinski.

— Mas elas existem. Beverly Tapinski e Raymie Clarke, as duas existem. O que eu faço agora?

— Em relação a quê? — perguntou a telefonista.

— Em relação a não saber para quem ligar — eu disse.

— Aqui é o serviço de apoio à lista — disse a telefonista.

— Eu sei disso — falei, batendo o pé no chão. — Mas não sei o que fazer. Você deveria me dar apoio e me dizer o que fazer.

— Querida, vai ficar tudo bem — disse a telefonista.

Então ouvi um clique e ela não estava mais lá.

Pus o fone de volta no gancho. Curvei o corpo para a frente, coloquei as mãos nos joelhos e fiz força para puxar ar para os pulmões.

Pensei: "Não vai ficar tudo bem."

Pensei: "Estou sozinha no mundo e vou ter que encontrar um jeito de resgatar a mim mesma."

Doze

Quando voltei para o Boa Noite, Viajante, as cortinas com palmeiras estampadas estavam fechadas e o quarto escuro. Vovó ainda estava na cama.

– Vovó? – chamei.

– Mmmpfff – fez vovó sem se mexer nem tirar a coberta de cima da cabeça.

– Vovó! – chamei mais alto.

– Estou muito cansada, Louisiana – disse vovó. – Estou indisposta, aturdida e debilitada. Gostaria de dormir.

E eu disse:

– Bom, então durma à vontade. Vou cantar num funeral, e isso quer dizer que nós podemos continuar neste motel e você pode dormir infinitamente.

Vovó se mexeu um tiquinho. Disse:

— Não guarde rancor de mim, Louisiana. Sempre pus você em primeiro lugar neste mundo. Estou tentando proteger você. Estou me empenhando muitíssimo para proteger você. Só estou tão cansada...

Ela disse tudo isso sem tirar a cabeça de baixo da coberta. Sua voz estava abafada. Era como se ela estivesse falando comigo de muito longe. Como se tivesse se mudado para outro país, um país sem dentes.

— Quero ir para casa — eu disse.

Vovó tirou a coberta de cima da cabeça. Era a primeira vez que eu olhava para ela cara a cara no que parecia um montão de tempo. Ela parecia diferente. Pequena e menos cheia de certezas. Sua boca estava murcha. Suas bochechas estavam vermelhas. Ela olhou feio para mim.

Verdade seja dita, era uma visão meio assustadora.

— Louisiana Elefante — ela disse —, nós não vamos voltar para casa.

Olhei feio para ela.

Ela olhou feio para mim.

Eu desviei o olhar primeiro.

— Estou com fome — eu falei.

— Você está sempre com fome — disse vovó numa voz aliviada, cobrindo a cabeça de novo. — Sua fome é perpétua e incessante. Vá procurar comida. Estou me empenhando em recuperar minhas forças. Não se esqueça da maldição, Louisiana!

Como eu poderia me esquecer da maldição? Meu bisavô serrou minha bisavó ao meio em cima de um palco em Elf Ear, Nebraska, e então se recusou a juntar as partes de novo. Isso não é o tipo de coisa que a gente esquece.

Saí do quarto e fui para o saguão de entrada do Boa Noite, Viajante. Fiquei olhando para a máquina cheia de produtos.

É claro, eu esperava que o menino do telhado fosse aparecer e me oferecer o que eu quisesse, mas estava começando a achar que talvez aquele menino fosse imaginação minha. Assim como talvez a Fada Azul, me estendendo os braços daquela vez em que quase me afoguei, fosse imaginação minha.

Será que a Fada Azul era imaginação minha?

Eu não sabia direito.

Será que o menino era imaginação minha?

Eu achava que não.

Eu sabia com certeza que o corvo chamado Clarence não era imaginário porque ele estava pousado em cima da placa do Boa Noite, Viajante quando saí do meu quarto.

– Olá, Clarence! – eu tinha gritado para ele.

Ele tinha mexido a cabeça e me olhado de um jeito muito soberano.

Provavelmente estava contente por eu ter lembrado o nome dele.

Enfim, pelo menos o corvo era real e a máquina de produtos era real, e eu olhei para ela e pensei no que escolheria se pudesse pegar qualquer coisa ali.

Vi a Bernice na recepção, sentada na mesa dela. Estava com o cabelo cheio de bobes. Que surpresa. Acenei para ela. Ela fingiu não me ver.

Se o menino aparecesse e me oferecesse qualquer coisa que eu quisesse, decidi que escolheria um pacote de bolachas com manteiga de amendoim e um pacote de bolachas com queijo, e uma das canetas esferográficas (para eu poder continuar escrevendo tudo) e também uma barra de chocolate Oh Henry! porque eu gosto desse nome, tão animado e esperançoso. E também porque tem recheio de caramelo. E amendoim. O que é uma combinação excelente.

Eu estava pensando em tudo isso quando a porta do saguão se abriu e ele apareceu.

O menino.

– Oi – ele disse.

Ai, minha nossa, como eu estava feliz de ver o menino.

Minha felicidade ia além dos produtos dentro daquela máquina. O que quero dizer com isso é que eu gostava da cara do menino e estava feliz por ele existir. Mesmo que ele não pudesse me dar as bolachas e a caneta e a barra de chocolate.

– Achei que talvez tivesse inventado você na minha mente – eu disse para ele.

– Ah, não – ele falou. Estava ali parado, segurando a porta aberta, sorrindo. Apontou com a cabeça na direção de Bernice e disse:

– Ela não gosta de mim. Daqui a pouco ela vai sair com a vassoura na mão para me expulsar. Vamos.

No instante em que pisamos lá fora, Clarence desceu voando da placa e pousou no ombro do menino.

Eu nunca tinha visto penas tão pretas e brilhantes. O corvo olhou para mim e eu olhei para ele, e olhar nos olhos dele era como olhar em um espelho escuro.

Senti que, se olhasse com cuidado o suficiente, se eu ficasse imóvel o suficiente, poderia ver o mundo inteiro refletido naquela escuridão brilhante. Quase.

— Será que ele pousaria no meu ombro? — perguntei.

— Acho que, se chegar a um ponto em que ele confia em você, sentaria, sim.

Clarence bateu asas e voou, passando pela placa, na direção das árvores.

— Qual é o seu nome? — disse o menino.

— Louisiana — respondi. — Qual é o seu?

— Burke. Burke Allen. Mas não sou o primeiro Burke Allen. Meu pai se chama Burke Allen e meu vô é Burke Allen e o pai dele já se chamava Burke Allen e o vô dele também. Existiram muitos Burke Allen.

— Certo. Até onde eu sei, sou a única Louisiana Elefante.

— Que sorte a sua, então. Não precisa ser ninguém além de você mesma.

Eu disse:

— Tenho uma maldição nas minhas costas.

Não sei por que eu disse isso. Não deveria ter dito. Vovó sempre insistia que não devíamos falar da maldição para outras pessoas.

"Falar da maldição apenas intensifica a maldição." Era isso que a vovó dizia.

Vovó dizia muitas coisas.

Até onde consigo lembrar, vovó sempre falava comigo, me contando coisas e dizendo para eu não contar coisas para os outros.

Eu nunca tinha contado para a Raymie sobre a maldição. Nem para a Beverly. Mas lá estava eu, contando para esse menino que eu nem conhecia.

Talvez, além de estar cansada de incomodar e de perseverar, eu também estivesse cansada de guardar segredos.

— Uma maldição – disse Burke. – Puxa.

— Sim – confirmei. – É uma maldição apartadora.

— O quê?

— Apartadora.

— Não sei o que é isso.

— É uma coisa que separa – eu disse.

— Tá certo – ele respondeu. – Se você diz.

Ele apontou para a placa do Boa Noite, Viajante e disse:

— Está vendo essa placa? Eu consigo escalar até lá em cima. Posso lhe mostrar como fazer isso também.

— Eu tenho medo de altura – falei.

— Imagina – disse ele. – Não precisa ter medo.

— Não quero cair.

— Não tem como você cair porque tem vários lugarzinhos para se segurar o caminho inteiro até lá em cima. Você só precisa agarrar e escalar. Posso lhe mostrar como subir no telhado também. É moleza.

— Não — eu disse.

Ele esperou, e eu esperei. O cabelo quase inexistente dele brilhava à luz do sol.

— Por que seu cabelo é tão curto?

Ele encolheu os ombros.

— Minha mãe é que corta o cabelo de todos nós — ele disse. — Do meu pai e do meu vô e o meu. Ela corta tudo igual.

— Então sua mãe corta o cabelo do Burke Allen e do Burke Allen e do Burke Allen?

Ele sorriu.

— Isso — ele disse. — De todos.

— Meus pais já morreram. Eles eram trapezistas.

— Num circo?

— Não — eu disse. — Tinham o próprio show deles. Eram famosos. Eles se chamavam os Elefantes Voadores.

— Eu quero trabalhar num circo — ele disse. — Vou entrar para um circo na primeira chance que tiver. Às vezes, os trens de circo passam por aqui. Você já viu um trem de circo?

Eu fiz que não com a cabeça.

— Tem de tudo nesse trem. Tudo mesmo, o circo inteiro. Elefantes, palhaços, girafas, trapezistas. Da próxima vez que o trem passar por aqui, vou pular dentro dele... ninguém vai me impedir. – Ele deu um suspiro. Olhou para a placa do motel.

Ele estava ali bem na minha frente e já estava me contando como iria embora. Era a maldição apartadora. Eu nunca me libertaria daquilo.

De repente, fiquei apavorada.

E também chateada com o Burke Allen.

– Achei que você tinha dito que podia me dar o que eu quisesse daquela máquina de produtos.

– E posso.

– Que bom – eu disse. – Quero as bolachas de queijo e as bolachas de manteiga de amendoim e uma barra de chocolate Oh Henry!. E também uma caneta. Para escrever.

Ele sorriu para mim e disse:

– Já volto.

Alguns minutos depois, ele veio correndo da recepção, trazendo dois pacotes de bolachas e uma barra de chocolate Oh Henry!.

– Não consegui a caneta – ele disse. – Pelo motivo de que não tive tempo. A Bernice está bem atrás de mim e não está contente.

Bom, a Bernice nunca estava contente, não é mesmo?

— Vamos — ele disse. — Temos que correr.

Eu corri junto com ele. Corremos para dentro do bosque. Em algum momento, Clarence apareceu e voou sobre nossas cabeças, crocitando sem parar. Estava rindo, como se alguém tivesse contado uma piada.

Os corvos têm muito senso de humor.

Eu corri com o Burke e o Clarence, e esqueci que a vovó estava desdentada e desmoralizada. Eu me esqueci da srta. Lulu e de como ela tocava órgão mal e como se recusava a compartilhar suas balas de caramelo. Esqueci que não havia números listados para Raymie Clarke nem para Beverly Tapinski. Esqueci que teria que cantar no funeral de Hazel Elkhorn.

Esqueci que estava longe de casa.

Corri.

Treze

Nós sentamos no bosque, embaixo de uma árvore. Clarence se empoleirou num dos galhos acima de nós com suas penas escuras brilhantes.

– Foi em Elf Ear, Nebraska, em 1910 – eu disse.
– O quê? – perguntou Burke.
– A maldição – eu disse. – Foi lá que tudo começou.
– Nunca ouvi falar de um lugar chamado Elf Ear, Nebraska. Parece um nome inventado.
– Estou lhe contando uma história que nunca contei para mais ninguém – eu disse. – Se você pretende ouvir, não pode duvidar de tudo o que eu digo. Senão não faz nenhum sentido eu contar.

Eu tinha comido o pacote inteiro de bolachas de manteiga de amendoim e a maioria das bolachas com queijo. Pretendia comer a barra de chocolate Oh Henry! de sobremesa.

— Puxa, você estava com fome — disse Burke.

— Minha fome é perpétua. É isso que diz a vovó.

— Posso lhe fazer um sanduíche de mortadela, se você quiser — disse Burke. — Minha casa não fica longe daqui.

— Mortadela é o que eles comem no orfanato, e o orfanato é o lugar sem volta.

Burke encolheu os ombros e disse:

— Não sei nada sobre orfanatos.

— Vovó me avisou dos perigos do orfanato minha vida inteira.

— Ok — disse Burke. — Só estou falando que posso fazer um sanduíche de mortadela se você quiser. Se ainda estiver com fome.

— Bom... — eu falei.

Eu ainda estava. Com fome.

— Vamos — disse Burke. — Depois você me conta sobre esse tal Elifir.

— Elf Ear. É o nome do lugar. Elf Ear, Nebraska.

— Ahã — ele disse. — Vamos. Vamos para minha casa fazer um sanduíche.

Eu comi a barra de chocolate Oh Henry! enquanto cruzava o bosque atrás do Burke. Era uma barra feita de biscoito, toda achocolatada e caramelada, talvez a coisa mais doce e mais gostosa que eu já tinha comido na vida.

Comecei a sentir uma certa esperança no universo e no meu lugar dentro dele. Mesmo que estivesse indo comer mortadela – a carne do orfanato, alimento do desespero.

Eu amo mortadela!

Burke fez três sanduíches para mim. Eram com mortadela e queijo cor de laranja e maionese e pão branco, e ele empilhou os sanduíches um em cima do outro e colocou todos num prato azul, e sentamos na sala de jantar numa mesa com tampo de vidro e eu comi os sanduíches um por um, sem parar.

Vovó sempre falava mal de mortadela, mas aqueles sanduíches estavam tão deliciosos que era só mais um motivo para eu duvidar da vovó e da veracidade das afirmações dela.

E o que quero dizer com isso é: se você é o tipo de pessoa que mente sobre uma coisa tão boba quanto mortadela, o que o impediria de mentir sobre coisas maiores, mais importantes?

Burke ficou me olhando enquanto eu comia.

— Puxa, você come, hein? — ele disse.

— Vovó diz que eu preciso me fortalecer.

— Aquela é sua avó? Aquela velhinha que nunca sai do quarto do Boa Noite?

— É. Ela acabou de arrancar todos os dentes. Está tentando recuperar as forças.

Burke fez que sim com a cabeça.

Da mesa com tampo de vidro da sala de jantar, eu enxergava um campo, com o bosque atrás. Era fim de tarde e a luz estava ficando mais fraca. Às vezes, quando o céu começa a escurecer, sinto uma solidão terrível, como se talvez eu fosse a última pessoa na face da Terra.

Uma vez confessei isso para a vovó e ela me disse que eu não devia levar tudo para o pessoal. Disse: "Louisiana Elefante, o céu tem escurecido desde o princípio dos tempos e vai continuar escurecendo por muito tempo depois que não estivermos mais aqui. Não tem nada a ver com você."

Mesmo assim, ainda fico triste quando escurece.

Burke estava sentado do outro lado da mesa, na minha frente. Havia o tique-taque de um relógio e eu ouvia um corvo crocitando lá fora.

— É o Clarence? — perguntei para o Burke.

— Ahã — ele disse. — Ele fica zangado quando eu passo muito tempo dentro de casa. Sente saudades de mim, eu acho.

— Estou muito longe de casa — eu disse.

— Bom, tá certo — falou Burke. — Onde fica a sua casa?

— Agora vou lhe contar a história da maldição — eu disse.

— Ok — disse Burke.

— Preciso lhe contar essa história.

— Ok — repetiu Burke. — Estou ouvindo.

— Foi em Elf Ear, Nebraska, e o ano era 1910, e minha avó tinha oito anos de idade, e o pai dela era o mágico mais elegante e mais enganador que jamais existiu.

— Seu vô era mágico? — disse Burke.

— Meu bisavô — eu disse. — E minha bisavó, a mãe da minha avó, era assistente do mágico. Eles viajavam pelo país inteiro. Faziam mágica juntos.

— Era como estar num circo — disse Burke.

— Era como estar num espetáculo de mágica — eu disse. — Mas o que importa é que estou lhe contando sobre a maldição. E a maldição começou num palco em Elf Ear, Nebraska. Meu bisavô tirou minha bisavó de um chapéu. Um chapeuzinho. Ele a fez aparecer. E então a fez desaparecer de novo dentro do chapéu. Como se fosse um coelho!

Burke me olhava fixo, prestando atenção. Tinha olhos muito azuis.

— E o que aconteceu em seguida? — ele disse.

— O que aconteceu foi que meu bisavô pronunciou as funestas palavras "Agora vou serrar minha adorável esposa ao meio e depois juntá-la de novo, pois sou Hiram Elefante, o Grande".

— Esse era o nome dele? Hiram Elefante, o Grande? Que espécie de nome é esse?

— Era o nome dele — eu disse. — O importante é que a assistente do mágico entrou na caixa e Hiram Elefante pregou a tampa. Então ele pegou um serrote e serrou a caixa ao meio. Com a minha bisavó dentro! Ela foi cortada em duas partes! Entendeu agora por que "apartadora"?

Burke confirmou com a cabeça.

— Ahã — ele disse. — Foi um truque de mágica. Ele a serrou ao meio e então juntou de novo as duas partes.

— Bom, foi isso que o público achou que fosse acontecer. Era o que todos estavam esperando. Mas não foi o que aconteceu.

Olhei para o Burke e ele olhou para mim.

— E então? — ele disse. — O que aconteceu?

— Meu bisavô serrou minha bisavó ao meio e depois foi embora. Deixou minha bisavó no palco.

Serrada ao meio. Ele saiu do teatro em Elf Ear e continuou andando. Nunca mais foi visto.

— Mas e a sua bisavó?

— Outra pessoa acabou juntando as partes, um homem da plateia que tinha algum conhecimento de mágica. Então os dois fugiram juntos e deixaram minha avó totalmente sozinha.

— Puxa — disse Burke. — Essa história é verdade?

— É claro que é verdade!

— O que aconteceu com a sua avó?

— Ela foi mandada para um orfanato. E essa é a história da maldição apartadora e como tem sido passada de geração em geração. E agora a maldição está nas minhas costas.

— Bom — disse Burke —, o que você tem que fazer é quebrar a maldição, certo? É isso que eu faria.

— Quebrar a maldição? — eu disse. — Como eu faria isso?

— Não sei. Tem que ter algum jeito. Talvez o que você precise fazer é ir achar outro mágico para fazer uma mágica. Uma mágica diferente. Uma que sirva para juntar coisas.

Em algum lugar lá fora, Clarence gritou. Burke e eu ficamos ali sentados, olhando um para o outro, e, embora eu estivesse com a barriga cheia de bolachas e mortadela e de uma barra de chocolate Oh Henry!, me senti muito vazia e triste.

Será que a maldição podia mesmo ser quebrada?

Eu duvidava daquilo.

Achava que o Burke Allen não estava compreendendo totalmente a profundidade e a amplitude da maldição nas minhas costas.

— É melhor eu voltar para dar uma conferida na vovó – eu disse. – Quem sabe ela está com fome. Quem sabe você podia fazer um sanduíche de mortadela para ela.

— Tá certo – disse Burke.

Eu não sabia se a vovó comeria um sanduíche de mortadela. Na verdade, um sanduíche de mortadela talvez a deixasse furiosa. Quem sabe eu só queria deixar a vovó furiosa. Eu não sabia direito.

Mas, de qualquer modo, Burke foi para a cozinha e voltou um minuto depois, com dois sanduíches de mortadela embrulhados em papel-toalha.

Eu estava começando a entender que tipo de pessoa ele era.

Era o tipo de pessoa que, quando você pede uma coisa, lhe dá duas.

Saímos de novo e ficamos na frente da casa do Burke, que por fora era toda pintada de cor-de-rosa, num tom de algodão-doce. Ficava toda isolada no meio do bosque, sem nenhuma outra casa por perto. Burke deu um assobio e Clarence veio voando do mato e pousou no ombro dele. E nessa hora pensei que minha vida jamais estaria totalmente completa enquanto eu não pudesse assobiar e ter um corvo que viesse voando das árvores diretamente para mim.

— Vai ter uma feirinha regional na igreja no sábado – disse Burke. — Uma feirinha não é um circo, mas já é alguma coisa. Geralmente é divertido. Tem atrações e jogos.

— Oh – eu disse.

— Você e eu podíamos ir.

— Preciso saber de uma coisa – eu disse. — É importante. Em que direção fica o sul?

Burke apontou sem nem ter que parar para pensar. Foi muito impressionante.

— Fica ali – ele disse. — Por quê?

— Porque o sul é onde fica a Flórida – eu falei.

— E daí? – disse Burke.

— Flórida é de onde eu venho. É lá que estão minhas amigas. É lá que está o gato Archie. É lá que está o cachorro Buddy. E é para lá que eu preciso voltar.

— Como você pretende chegar lá?

— Não sei — eu disse. — Vou dar um jeito. Sou astuta e engenhosa. É o que diz a vovó.

Começamos a caminhar de volta para o Boa Noite, Viajante. Clarence voava à nossa frente, parando para esperar em galhos de árvores, olhando para nós dois lá embaixo e rindo sem parar.

Talvez os corvos tenham razão sobre o mundo.

Talvez seja tudo muito engraçado.

Catorze

Por falar em engraçado: quando entrei no quarto 102 do Boa Noite, Viajante e disse: "Vovó, trouxe dois sanduíches de mortadela para você!", vovó não disse nada.

Esperei que ela fosse xingar a mera existência de mortadela. Ou que fosse dizer que não estava com fome.

Mas vovó não disse nada.

— Vovó? — chamei.

Fui até a cama. Levantei as cobertas.

Vovó não estava lá!

Nunca fiquei tão surpresa na minha vida.

— Vovó? — eu disse numa voz muito alta.

Olhei dentro do banheiro. Olhei embaixo da cama.

Então saí correndo do quarto 102 e procurei o carro.

E adivinhe só: o carro tinha sumido!

Voltei para o quarto e vi que a mala xadrez da vovó não estava no suporte para bagagem. Senti uma tontura. O quarto inteiro estava girando. Eu não conseguia respirar.

Aonde a vovó iria sem mim? Eu era o motivo da existência dela. Ela tinha me dito isso várias vezes. Dizia que o que a mantinha viva era tomar conta de mim e me ensinar a aproveitar ao máximo os meus dons.

Eu me curvei para a frente e pus as mãos nos joelhos. Respirei fundo, várias vezes. Olhei para o quarto que girava à minha volta.

E foi então que eu vi.

Um envelope.

Com o meu nome escrito.

Dentro do envelope, havia várias folhas de papel dobradas.

Desdobrei lentamente. Muito lentamente.

Querida Louisiana.

Era isso que estava escrito no topo da primeira página.

Era uma carta.

Vovó tinha escrito uma carta para mim.

Ela nunca tinha me escrito uma carta antes.

E, aliás, por que é que ela me escreveria uma carta? Desde o primeiro minuto da minha vida que eu lembro, vovó estava comigo e eu estava com ela.

Por que alguém escreveria uma carta para uma pessoa que estava sempre e eternamente ao seu lado?

Não escreveria.

A não ser, é claro, que esse alguém pretendesse não estar mais ao lado da outra pessoa.

Abri as cortinas com palmeiras estampadas, sentei na cama e fiquei olhando pela janela. Ouvi o ruído de alguma coisa roçando. Seriam asas? Será que Clarence, o corvo, estava ali por perto? Será que tinha vindo me salvar?

E então, minha nossa, percebi que o ruído vinha da carta. Minha mão estava tremendo e as páginas estavam roçando umas nas outras.

Foi nessa hora que entendi que havia uma tragédia ocorrendo.

Pela janela do Boa Noite, Viajante eu via o céu preto azulado, e as cortinas tinham palmeiras em vez de pêssegos, e vovó tinha ido embora, e eu sentia o mundo inteiro passar por mim com um zumbido.

Tive uma professora chamada sra. McGregor que dizia que o mundo girava muito devagar no seu eixo.

— Ele gira num movimento infinitesimal — dizia a sra. McGregor.

Infinitesimal.

Ela dizia essa palavra muito devagar. Prolongava as sílabas — in-fi-ni-te-si-mal — para você ouvir o infinito na palavra.

A sra. McGregor sempre tinha cuspe seco no canto da boca, mas era uma mulher muito paciente e falava sempre a verdade. Eu gostava da sra. McGregor. Não conseguia imaginá-la contando uma mentira.

Mas a questão é que, para mim, não parecia que a Terra estava girando num movimento infinitesimal. Parecia que ela estava se movendo aos trancos e solavancos, atravessando a escuridão solitária.

No meu modo de pensar, nunca podíamos saber quando a Terra ia dar uma guinada e ir em algum sentido totalmente inesperado. Não havia nada de infinitesimal nisso.

Acho que é isso que a maldição apartadora faz quando cai sobre suas costas: muda o jeito como a própria Terra se move.

Oh, Raymie e Beverly.

Oh, Archie e Buddy.

Oh, vovó.

Eu olhei para a carta nas minhas mãos trêmulas.

Comecei a ler.

Quinze

Querida Louisiana, eu li. *Você terá de ser corajosa.*

Bom, essa primeira frase me deixou irritada.

Eu estava cansada de ser corajosa. Assim como estava cansada de incomodar e de perseverar.

Mas continuei lendo.

Vou lhe contar algumas coisas que você precisa saber, que talvez você devesse ter sabido esse tempo todo.

Senti meu coração afundar até os dedos dos pés.

Eu sabia. Sabia que era uma carta de despedida. Já tinha adivinhado. Era um pensamento quase insuportável.

Mas eu tinha que suportar, não tinha? Que outra escolha eu tinha?

Li mais um pedaço.

Sei que você sabe da história da maldição, mas o que nunca lhe contei é que vi meu pai naquela noite — a noite em que ele serrou minha mãe ao meio e foi embora sem juntar as partes.

Eu estava parada à janela do quarto do hotel. Estava esperando os dois retornarem do teatro. Estava acordada até tarde, mais tarde do que devia. Olhei pela janela do quarto do hotel e vi meu pai andando na rua, vindo em direção ao hotel. Ele estava só. Sua capa de mágico vinha tremulando atrás dele. E eu soube, de repente, que ele me diria algo importante, mas eu não sabia o que era. Eu não podia imaginar, pois é. Não podia imaginar.

Meu pai parou de andar e olhou para a janela do hotel. Eu acenei para ele. Ele olhou para mim e então virou as costas e foi embora, sem me dizer absolutamente nada.

E esse momento, quando meu pai foi embora sem me falar nada, é o momento em que realmente teve início a maldição.

Esse foi o verdadeiro momento de apartação.

Fechei os olhos. Consegui ver a vovó menina, a pequena vovó, parada na janela do quarto do hotel, vendo o pai virar as costas para ela e ir embora. Aquilo me deu uma dor no coração. Tadinha da vovó.

Pelo menos naquela época ela tinha todos os dentes.

Eu continuei lendo.

Nestes últimos dias, meu pai apareceu para mim várias vezes. Na Flórida, acordei de um sonho com ele chamando o meu nome (finalmente falando comigo!) e soube, nesse instante, que precisávamos ir para Elf Ear imediatamente. Foi por isso que partimos com tanta pressa, Louisiana. Senti como se estivesse seguindo um chamado.

E agora, toda vez que fecho os olhos, vejo meu pai. Ele surge da névoa da minha mente e chama o meu nome com uma voz funesta. Ficou claro para mim o que preciso fazer. Preciso ir confrontar a maldição. Preciso fazer isso sozinha.

Seria uma boa ideia uma vovó toda desdentada e febril ir confrontar a maldição sozinha? Sem mim? Bom, não me parecia uma boa ideia. Mas, de qualquer modo, a vovó não estava pedindo minha opinião, estava?

Não sei o que encontrarei em Elf Ear, Louisiana. Não sei como são as trevas que me aguardam, mas sei que preciso manter você a salvo desse mal.

Queria poder me despedir de você pessoalmente, mas receio que você insistiria em vir comigo; pior ainda, receio que eu não teria coragem de ir.

E eu preciso ir.

Oh, não quero abandonar você como meu pai me abandonou. Quero que você saiba que é amada. Quero lhe contar a verdade sobre quem você é.

Prepare-se, Louisiana.

Olhei para cima. Olhei para as cortinas com palmeiras estampadas e para o mundo escuro lá fora. Eu me preparei.

Nunca conheci os seus pais.

– O quê? – eu disse em voz alta. Olhei para o quarto 102 à minha volta. – Do que você está falando, vovó? É claro que você conheceu os meus pais. Meus pais eram os Elefantes Voadores. Eles eram famosos nos quatro cantos do mundo. Eram muito bonitos e talentosos. Você me disse isso várias vezes.

Você e eu não temos parentesco algum, Louisiana. Fomos unidas pelos ventos do destino. Seus pais não eram os Elefantes Voadores. Não eram trapezistas. Não sei quem foram os seus pais. Esse é um mistério que não poderei desvendar para você.

Alguma coisa enorme e escura tinha entrado no quarto 102 do Boa Noite, Viajante, e essa coisa enorme e escura estava sentada bem em cima do meu peito. Eu não conseguia respirar.

Se meus pais não eram os Elefantes Voadores, então quem eu era?

– Continue lendo – sussurrou a coisa escura no meu peito. – Continue.

Depois que a maldição caiu sobre mim, fui enviada para o orfanato. E depois do orfanato, depois que sobrevivi a esse lugar tenebroso e infeliz, entrei no mundo como uma adulta; segui meu caminho como uma criatura solitária e não me importava nem um pouco. Eu achava melhor estar sozinha. Achava mesmo. Pois, se você está sozinha, não precisa se preocupar com a maldição apartadora.

Eu tinha um certo talento musical; quando eu era muito nova, minha mãe havia me ensinado a tocar piano. E então era isso que eu fazia. Tocava piano em igrejas. Dava recitais e aulas. E trabalhava em outros empregos temporários — como balconista, datilógrafa, atendente.

Eu me virava.

Agora preste atenção, Louisiana. Chegou a hora de falarmos de você. Quando morei em Nova Orleans, trabalhei por um tempo numa loja de miudezas chamada Louisiana Five-and-Dime.

Eu endireitei as costas.

A coisa escura no meu peito também endireitou as costas, mas não saiu de cima de mim.

Certa noite, saí para o beco atrás da loja e ouvi o gemido de algum pequeno animal.

Eu sabia o que viria em seguida.

— Leia — disse a coisa escura. — Leia.

Eu li.

Era você, Louisiana.

Você era absurdamente pequena. Estava embrulhada em um cobertor florido. Alguém tinha colocado você em cima de uma pilha de caixas de papelão e deixado você lá.

Entenda que eu jamais quisera ter crianças. Não tinha necessidade de resgatar ninguém.

Mas eu peguei você. E você sorriu para mim.

Você sorriu, Louisiana.

Eu sabia o que significava ser abandonada, ser deixada para trás.

E também sabia o que aconteceria se eu informasse as autoridades. Sabia que você iria parar num orfanato.

— 107

Eu não podia deixar isso acontecer.

Então esta é a verdade. Estes são os fatos: eu peguei você. Você sorriu para mim. Batizei você com o nome do lugar onde a encontrei, e cuidar de você foi a maior alegria da minha vida.

Meu nome vinha de uma loja de miudezas?

Eu não era uma Elefante?

Alguém tinha me largado num beco?

Eu não conseguia respirar.

Eu daria tudo para ficar aqui com você, mas não há como negar esta maldição sombria. Está vendo como ela está agindo neste exato momento, nos afastando uma da outra? Por favor, compreenda: sou velha e estou muito mal, e receio que pouco tempo me resta.

Meu pai não para de chamar o meu nome!

Preciso enfrentar a maldição! Tentarei retornar, mas, caso algo me impeça, caso meu tempo seja curto demais, quero lhe dizer isto: não venha atrás de mim. A maldição é muito perigosa!

Queria ter tido tempo de garantir a sua segurança, mas você é astuta e resiliente. Você não está sozinha no mundo. Você encontrará um caminho. E, por favor, lembre-se: alguém a deixou naquele beco, mas eu peguei você. E talvez o que importe, no fim das contas, não é quem nos deixa, mas sim quem nos pega.

Amei você com todo o meu ser, Louisiana. Você será sempre e eternamente amada por mim. Fui para Elf Ear para libertar a nós duas.

Não se esqueça de que você sabe cantar.

Amo você.

Dezesseis

— Saia de cima de mim — eu disse para a coisa escura no meu peito. — Por favor, saia de cima de mim.

Mas a coisa não se mexeu.

Fiquei de pé. Continuei segurando a carta. Peguei os sanduíches de mortadela e saí cambaleando do quarto 102.

Fui até a recepção do Boa Noite, Viajante, porque não sabia mais para onde ir. Bernice estava atrás do balcão. Uma tragédia estava ocorrendo, o mundo se cobrira de trevas e vovó tinha ido embora, mas o cabelo de Bernice ainda estava cheio de bobes.

Esta é uma coisa que aprendi: nunca espere ajuda de uma pessoa que tem bobes no cabelo o tempo todo.

Mas o que eu podia fazer? Para onde podia correr?

Eu nem sabia quem eu era.

— Boa noite — eu disse para a Bernice.

— O que foi desta vez? — perguntou ela.

Acho que era simplesmente impossível para ela ser uma pessoa simpática, por mais que tentasse.

Não que ela estivesse tentando.

— Queria saber se por acaso você viu minha avó recentemente e se ela lhe deu alguma informação — eu disse.

— Se eu vi a sua vovó? — disse Bernice. — Que informação? Não venha me dizer que sua vovó desapareceu.

— Ela não desapareceu.

— Então por que você está procurando por ela? — disse Bernice, estreitando os olhos.

Estreitei os olhos de volta para ela, mas a coisa escura ainda estava no meu peito e era muito difícil respirar.

Virei de costas para a Bernice. Curvei o corpo para a frente e pus as mãos nos joelhos. Fechei os olhos e me concentrei em respirar.

Quem eu sou? Quem eu sou?

Essa era a pergunta que as batidas do meu coração repetiam.

Quando abri os olhos, vi o jacaré olhando fixo para mim. O jacaré tinha um aspecto incrivelmente feroz, mas também parecia confuso — como se estivesse pensando: "Como é que um perigoso jacaré devorador de gente como eu veio parar empalhado na recepção do motel Boa Noite, Viajante?"

Há algo de muito triste em contemplar um jacaré empalhado e confuso quando está escuro lá fora e você não sabe quem é nem quem foram seus pais nem coisa alguma sobre si mesma.

— O que você está fazendo? — disse Bernice.

Pois é. Era justamente essa a pergunta, não?

— Estou tendo uma comunhão com o jacaré — eu respondi.

— Ah — disse Bernice. — Uma comunhão com o jacaré. Claro. Imagino que depois você vai ter uma conversa com a máquina de produtos. E, por falar nisso, deixe-me lhe dizer uma coisa sobre o Burke Allen e aquela máquina. Ele faz uns pedacinhos de metal em forma de moeda naquela oficina do pai dele, depois enfia o metal dentro da máquina e pega o que quer, sem pagar nada. Isso é roubo. É um crime.

Burke!

Burke Allen, que me deu dois sanduíches quando eu só tinha pedido um.

Burke Allen, que tinha um corvo chamado Clarence.

Senti a coisa escura em cima de mim se levantar, se desgrudar de mim. Burke Allen me ajudaria. Burke Allen saberia o que fazer.

Endireitei as costas e virei para a Bernice.

– Muito obrigada – eu disse.

Embora ela não tivesse me ajudado em nada.

"Seja educada até o último minuto. Seja educada até que você seja absolutamente forçada a não ser." Era isso o que a mulher chamada vovó sempre me aconselhava.

Saí da recepção do Boa Noite, Viajante sem olhar para trás.

Dezessete

Como podia ser tão difícil encontrar uma casa cor-de-rosa no meio de um bosque?

Bom, era mais difícil do que eu esperava.

Primeiro que estava escuro e eu não enxergava aonde estava indo. E havia árvores por todo lado, e mato alto e uns arbustos sinistros. Além disso, estava ventando desnecessariamente.

Tinha algo sobrevoando a minha cabeça, e acho que não era um pássaro.

Nem nas melhores circunstâncias, nunca consegui distinguir uma direção da outra. E aquelas não eram as melhores circunstâncias.

Fiquei torcendo para o Clarence aparecer e me guiar até a casa cor-de-rosa e até o Burke Allen. Na história do Pinóquio, ele está perdido no bosque, e um gato cego e uma raposa manca aparecem e contam várias mentiras para ele.

Decidi que não ia mais dar ouvidos a ninguém que me contasse mentiras.

É claro que pensar em mentiras me fez pensar na vovó.

Quer dizer, pensei na mulher que antes eu acreditava que era minha avó, embora ela não tivesse absolutamente nenhum parentesco comigo.

Uma coisa estava clara: quem quer que ela fosse, certamente era uma grandessíssima mentirosa!

Eu nunca mais ia falar com ela, e torci para ela continuar sem dentes até o fim dos tempos.

Ai, como eu estava furiosa.

E, além disso, estava perdida.

E então caí num buraco.

Não era um buraco fundo. E isso foi sorte. Mas era fundo o suficiente para me fazer perder o equilíbrio, cair no chão e soltar a carta e os sanduíches de mortadela.

Eu me levantei. Meu tornozelo doía. Então fiquei de quatro e engatinhei no bosque escuro, procurando a carta e os sanduíches.

E estava tão escuro que era difícil encontrar qualquer coisa.

E, minha nossa, como eu me sentia sozinha. Quase desejei que um gato cego e uma raposa manca aparecessem ali, nem que fosse só para me contar mentiras. Seria bom ter companhia.

Engatinhei mais um pouco e achei os dois sanduíches de mortadela. Isso foi bom.

Mas não consegui achar a carta. O vento tinha levado embora. A carta tinha sumido completamente.

Assim como a vovó.

Comecei a chorar.

Chorei e chorei sem parar. Mas, já que não dava para saber o que aconteceria agora (eu certamente não fazia a mínima ideia), e já que parecia uma boa ideia me manter fortalecida em um mundo tão repleto de escuridão e vento, comi um sanduíche de mortadela, depois comi o outro.

Chorei o tempo todo enquanto comia.

Os dois sanduíches estavam ótimos.

Imagine só. Vovó estava mentindo para mim sobre mortadela!

Ela deveria ter colocado alguma coisa naquela carta pedindo desculpas por todas as mentiras que tinha me contado – inclusive as mentiras sobre mortadela.

Então lembrei que vovó não era minha avó, e que eu tinha perdido a carta que me informava desse fato.

Fiquei de pé, mas meu tornozelo ainda estava doendo, por isso fiquei de quatro de novo e saí engatinhando pelo chão, procurando aquela carta imbecil. Comecei a chorar mais forte e mais alto. Era muito difícil respirar e tudo tinha cheiro de mortadela com um pouco de queijo cor de laranja.

O mundo estava tão escuro! Não sei se alguma vez havia deparado com uma escuridão tão grande.

Então você pode imaginar como eu fiquei surpresa quando uma luz muito forte se acendeu na escuridão e uma voz exclamou:

— Pelas barbas do profeta! O que é isso?

Olhei para a luz. Disse:

— Estou procurando uma carta e uma casa cor-de--rosa e um menino chamado Burke Allen.

E então desmaiei.

A próxima coisa que eu me lembro é de estar sendo carregada.

Senti o cheiro de algum doce. Disse:

— Que cheiro é esse?

Uma voz de homem respondeu:

– É bolo, querida.

Gostei muito dessa resposta. Acho que "bolo" é uma palavra excelente de modo geral, e que as pessoas deviam usá-la mais vezes como resposta para perguntas.

"Querida" também é uma boa palavra.

O cheiro de bolo ficou mais forte e mais doce, e então eu vi a casa cor-de-rosa. E fiquei tão contente que devo ter desmaiado de novo.

De pura felicidade.

Dezoito

Quando abri os olhos, eu estava num sofá com flores vermelhas estampadas, e havia três rostos olhando para mim. Um deles era do Burke Allen.

— Ela é pequenina como um botão — disse um homem de cabelo grisalho muito curto.

— O nome dela é Louisiana Elefante — falou Burke.

— E a mãe e o pai dela eram trapezistas.

— Pensei que fosse algum bicho ferido — disse a terceira pessoa. Era um homem igualzinho ao Burke, só que mais velho. Também tinha cabelo loiro e cortado igualzinho ao do Burke e ao do velho.

— Pensei até que fosse um lince — disse o homem loiro, que com certeza era o pai do Burke. — Ela gemia que nem um lince.

— Já não tem linces neste bosque — disse o homem de cabelo grisalho.

— Eu sei disso, pai — disse o pai do Burke. — Só estou falando que *parecia* um lince.

— Bom, ela é pequenina como um botão.

— Você já falou isso, vô — disse Burke.

— E daí? Estou falando de novo.

— Vocês todos são Burke Allen — eu disse, porque só agora aquilo estava fazendo sentido para mim. Um Burke Allen era o pai e o outro Burke Allen era o avô, e o último Burke Allen era o meu Burke Allen.

Burke olhou para mim e sorriu.

— Ei, Louisiana — ele disse.

Levantei a mão e acenei para ele.

— Ei — disse Burke outra vez. — Como você está se sentindo?

— Estranha — respondi.

— Talvez seja aquela velha maldição — disse Burke.

— Que maldição? — perguntou o avô.

— Tem uma maldição nas costas dela — disse Burke.

— Por favor, filho — disse o pai do Burke. — Não comece a inventar coisas.

— Não estou inventando — disse Burke. — Foi ela que me contou tudo.

— Cadê o Clarence? — perguntei.

Ninguém respondeu.

O cheiro de bolo era muito forte. O sofá era florido. Eu já disse isso? Meu tornozelo doía, mas não muito. Senti como se estivesse flutuando em uma nuvem florida, com cheiro de bolo.

Talvez eu estivesse no céu.

"Vovó" não acreditava no céu. Mas isso não significava que eu também não podia acreditar, não é mesmo?

Talvez eu viesse de uma longa linhagem de pessoas que acreditam. Vai saber.

De qualquer modo, o bolo tinha um cheiro maravilhoso.

– Que tipo de bolo é esse que tem esse cheiro? – perguntei para o Burke.

E então havia uma mulher andando na nossa direção. Ela tinha um cabelão loiro. Estava sorrindo para mim. Não parecia nem um pouco com a Fada Azul, mas o sorriso dela era igualzinho ao da Fada Azul. Estava enxugando as mãos num pano de prato listrado.

Ela disse:

– Meu bem, este é meu famoso bolo de chocolate com chocolate.

Burke disse:

– Minha mãe está fazendo dezessete bolos.

– Dezessete? – eu disse.

– Dezessete – ela confirmou.

Dezessete bolos!

A sala começou a girar.

— Burke — eu disse. — Eu não sei quem eu sou.

— Você é a Louisiana — ele disse.

— Ela bateu a cabeça? — perguntou a mãe dele.

— Tem uma carta — eu disse. Tentei ficar sentada, mas senti uma tontura e me deitei de volta imediatamente. — A carta explica tudo. Na verdade, não explica nada. E, além disso, a carta desapareceu, foi carregada pelo vento para as terras do sem-fim.

— Como é que é? — disse o avô. — As terras do quê?

— Nós vamos achar — falou Burke.

— Não quero ver essa carta nunca mais — eu disse. Comecei a chorar.

— Ela está chorando — disse Burke.

— Estou vendo, meu filho — disse o pai do Burke.

— Calma, calma — me tranquilizou o avô. Ele segurou minha mão, e a mão dele era tão áspera e calejada e enorme que era como segurar o casco de um cavalo. Chorei ainda mais.

Eu nunca tinha dado a mão para um cavalo antes.

— Pensei que ela fosse um lince — repetiu o pai do Burke.

— Pequenina como um botão — disse o avô. Ele apertou minha mão com seu casco de cavalo. Era dolorido, mas também reconfortante.

— Burke — eu disse. — Vovó foi embora.
— Foi embora?
— Foi — eu confirmei.
O mundo tinha um cheiro tão doce.
Decidi simplesmente fechar os olhos.

Dezenove

Quando acordei, era de manhã. O sol brilhava e eu estava numa cama, coberta por uma grande colcha macia.

Havia uma mesinha de cabeceira ao lado da cama. Em cima dela havia um abajur com flores pintadas em toda a cúpula. E do lado do abajur havia um prato vermelho com um pãozinho. E o pãozinho tinha presunto no meio!

Isso era tão emocionante porque eu estava com muita fome.

Fiquei sentada.

Havia também um copo de suco de laranja na mesinha de cabeceira. E um bilhete.

O bilhete dizia:

Querida, este é seu café da manhã. Achei melhor deixar você dormir. O Burke está na escola, e o pai e o avô do Burke estão na Oficina Burke Allen. Estou no salão de beleza da Maribelle. Na hora do almoço eu ligo para conferir como você está. Não se preocupe com nada.
Da sua amiga, Betty Allen.

Era a carta mais simpática que eu já tinha recebido na vida.

Certamente era mais simpática do que aquilo que a vovó tinha escrito na carta *dela*.

"Vovó" — essa pessoa que eu não fazia ideia de quem era, essa pessoa que não era nem minha parente.

Ouvi alguém batendo na janela. Olhei para cima, e adivinhe quem era?

Clarence, o corvo! Ele estava empoleirado no ombro do Burke, inclinado para a frente e batendo na janela com o bico. Ai, como eu queria ter um corvo para ficar empoleirado no meu ombro e bater em janelas! Com certeza isso mudaria minha vida inteira para melhor.

Burke estava sorrindo e acenando para mim. Acenei de volta, mas meu coração estava pesado. O que eu ia fazer? Não conseguia imaginar.

Realmente não conseguia.

Burke e Clarence desapareceram, e eu não vi mais nada pela janela além de árvores e mato e um céu nublado. A carta da vovó estava sendo levada pelo vento, para algum lugar deste mundo.

Bom, eu torci para que aquelas páginas fossem levadas para o lugar mais longe possível. Torci para que os ventos do destino carregassem as palavras dela até a China.

Era isso que eu queria.

E por falar em ser levada pelos ventos do destino, para onde eu iria? O que seria de mim? Parecia impossível escapar da maldição apartadora.

Burke entrou no quarto, ainda sorrindo, e olhei nos olhos azuis dele, e foi então que me lembrei do que ele tinha dito no dia anterior, sobre encontrar um mágico que pudesse desfazer a maldição.

Então me lembrei da placa na porta da sala do reverendo Obertask:

SALA DO PASTOR
REVERENDO FRANK OBERTASK
APOIO, CONSELHOS, PALAVRAS DE CURA

Um pastor de igreja não é como um mágico?
Palavras de cura não são como um feitiço?
Talvez o reverendo Obertask soubesse algumas palavras de cura que pudessem quebrar a maldição!

Eu não precisava daquela tal vovó para quebrar a maldição. E, além disso, nunca mais ia contar com ela para nada. Ia resolver aquilo sozinha. Ia resolver tudo sozinha.

— Você sabe onde fica a Igreja do Feliz Pastor? — perguntei para o Burke.

— Do Bom Pastor?

— Isso. Essa igreja.

— Claro, sei, sim. Por quê?

— Precisamos ir até lá.

— Para quê? — disse Burke.

— Porque vou tomar uma atitude — falei.

— Você não quer achar essa carta de que estava falando ontem à noite? — disse Burke.

— Não quero. Estou pouco me lixando se eu nunca mais vir essa carta.

— Além disso, ontem você disse que sua vovó tinha ido embora.

— Isso também não importa — falei —, porque eu tenho um plano.

— Tá certo — disse Burke.

Peguei o pãozinho com presunto e dei uma mordida e, minha nossa, era delicioso.

— Você não devia estar na escola? — perguntei para o Burke.

Ele encolheu os ombros.

— Cabulei. Eu cabulo direto. Não importa. Para que é que eu preciso da escola? Você não precisa ir à escola para entrar para um circo.

Eu via o Clarence fora da janela. Ele estava olhando para nós, inclinando a cabeça primeiro para um lado e depois para o outro. Pensei: "Não seria bom ser um pássaro e ter penas e não ter absolutamente nada com que me preocupar?"

Mas Clarence provavelmente tinha coisas com que se preocupar.

Porque é isso que significa estar vivo neste planeta que gira em velocidade infinitesimal. Significa que você tem coisas com que se preocupar.

Não é?

— Por que você está mancando desse jeito? — disse Burke.

Estávamos andando em direção à cidade.

— Porque, num momento trágico de escuridão e desespero, caí num buraco — expliquei.

— Ah — disse Burke.

Passamos sobre um trilho de trem. Clarence voava à nossa frente e voltava, olhando para baixo e dando risada.

— Foi aqui que eu vi o circo — disse Burke. Ele parou de andar. — Bem aqui. Eu estava sentado no ombro do meu vô. Eu tinha uns seis anos... não sei direito. Ficamos vendo o circo inteiro passar dentro do trem. As girafas estavam com a cabeça para fora do vagão. Tinha leões também. Dava para sentir o cheiro deles. Eles andavam de um lado para o outro dentro de uma jaula. E tinha um palhaço. O rosto dele estava todo pintado, e ele sorriu para mim. E foi então que eu decidi que ia entrar para o circo.

— Se uma pessoa entra para o circo, tem que viajar o tempo todo — eu disse. — Tem que deixar todo mundo para trás. O circo é só uma longa despedida.

— Como você sabe? — disse Burke. — E, além disso, eu quero sair por aí, viajar pelo mundo e ver tudo o que tem para ser visto. Sempre posso voltar para casa se eu quiser.

— Se eu tivesse uma mãe fazendo dezessete bolos, ia querer ficar exatamente onde estou — eu disse.

— Ahã. Mas aqueles bolos não são para mim. São para a feirinha regional, para a Mundialmente Famosa Rifa de Bolos da Betty Allen.

— Nunca ouvi falar da Mundialmente Famosa Rifa de Bolos da Betty Allen.

– Puxa. Sério mesmo? Pois eu lhe digo: as pessoas vêm de todo o estado da Geórgia só para tentar ganhar um dos bolos da minha mãe.

Durante o resto do caminho até a cidade, Burke Allen me contou tudo sobre a Mundialmente Famosa Rifa de Bolos da Betty Allen, e que a srta. Lulu tocava música no piano antes de cada número da rifa ser anunciado, e que teve um ano em que uma mulher ficou tão emocionada por ganhar que desmaiou assim que a Betty Allen anunciou o número dela.

Parecia fascinante. Tirando a parte em que a srta. Lulu tocava piano. Isso não era nada fascinante.

– Existe um limite de quantos bolos a pessoa pode ganhar? – perguntei.

– É um jogo de sorte – disse Burke. – Não precisa ter um limite, porque é só questão de sorte.

Pensei na hora em contar para a vovó sobre a Mundialmente Famosa Rifa de Bolos da Betty Allen, pois era exatamente o tipo de atividade que seria do interesse dela. Imagine ganhar um bolo inteiro! Então lembrei que a vovó tinha ido embora, que tinha me largado ali. E que ela não era minha vovó coisa nenhuma.

Será que algum dia eu me acostumaria com o fato de ela ter mentido para mim e me abandonado?

Bom, eu não tinha como saber.

Só o que eu sabia era que meu coração estava partido em mil pedaços, e eu estava andando ao lado do Burke Allen e sonhando com bolos, como se o mundo fosse um lugar normal.

Clarence voava à nossa frente. Suas asas brilhavam à luz do sol.

O mundo continua girando, exatamente como disse a sra. McGregor. Gira numa velocidade infinitesimal e nunca para. Não para jamais.

Em algum lugar acima de nós, Clarence riu. Eu não conseguia vê-lo.

Mas conseguia ouvir sua risada.

Nós passamos pela Taxidermia do Bill. E passamos pelo consultório do dr. Fox. Pensei na sra. Ivy sentada na sua mesa, datilografando uma conta e enviando para uma pessoa e um endereço que não existiam, e isso me deixou feliz.

— No fim desta rua fica a Oficina Burke Allen — disse Burke. — É lá que o meu pai e o meu vô estão agora. Trabalhando em máquinas. É isso que eles fazem o dia todo, todo santo dia. Eles *gostam* de trabalhar em máquinas.

E ali está a igreja — ele disse, apontando. — Está vendo?

— Sim — eu disse. — Estou.

— Eu e o Clarence vamos ficar esperando você no bosque. Preciso ser bem discreto. Não posso deixar ninguém me ver cabulando aula.

E, assim, entrei sozinha na Igreja do Feliz Pastor.

Subi a escada e lá estava a sala do reverendo Obertask, exatamente no lugar onde eu lembrava que era, exatamente onde eu tinha deixado.

Bati na porta.

Ninguém respondeu. Virei a maçaneta, abri a porta e, minha nossa, lá estava ele: o reverendo Obertask.

Ele estava dormindo. Seus pés estavam em cima da mesa e ele estava recostado na cadeira com seus grandes braços pendurados dos dois lados. Os óculos dele estavam tortos no rosto e sua boca estava aberta, e seu rosto era coberto por um bigode.

O reverendo Obertask parecia muito um leão-marinho. Não parecia nem um pouco um mágico.

O sol da Geórgia brilhava pela janela. Iluminava todo o reverendo Obertask — seu nariz, suas costeletas e seu bigode.

Fiquei olhando para ele, e então olhei diretamente para a luz. Eu me dei conta de que o sol da Geórgia era diferente do sol da Flórida. Eu sabia que era o mesmo sol, claro. Só existe um único sol, aonde quer que você vá neste mundo que gira em velocidade infinitesimal. Isso é um fato.

Porém há fatos e fatos. E um fato é que é o mesmo sol, e outro fato é que, se você está longe de casa e não sabe quem você é, é um sol muito diferente.

Eu estava ali parada, pensando nisso tudo, quando percebi que o reverendo Obertask tinha um cachimbo na mão direita.

E o cachimbo estava pendurado tão baixo que estava quase encostando no carpete.

O reverendo Obertask, o leão-marinho-mágico, ia acabar colocando fogo na Igreja do Gentil Pastor!

Vinte

Entrei na sala muito rápida e furtivamente.
— Reverendo Obertask? — eu disse.
Ele deu uma espécie de bufada.
E então soltou o cachimbo.
Soltou!
Eu me agachei imediatamente e peguei o cachimbo, assim evitando um gigantesco e trágico incêndio na igreja. Enquanto isso, o reverendo Obertask continuava dormindo, todo feliz.

Eu estava ali parada, segurando o cachimbo e olhando para o reverendo Obertask, quando... adivinhe só quem apareceu?

A srta. Lulu.
É claro.

Ela estava parada bem na porta da sala, com as mãos nos quadris.

— O que raios está acontecendo? — ela disse numa voz muito alta.

Bom, essa nunca foi uma pergunta fácil para eu responder, em nenhuma situação, porque tanta coisa acontece neste mundo.

Olhei para a srta. Lulu e para os cachos dela. Senti cheiro de caramelo. Será que ela tinha um estoque infinito de balas de caramelo?

— Não sei bem ao certo a que você se refere — eu disse. — E não aprecio as suas insinuações.

— Não mesmo, aposto! — berrou a srta. Lulu.

Então o reverendo Obertask acordou.

— Harrrrruuuummmmmf — ele fez. — Acho que cochilei.

— Enfim — disse a srta. Lulu. — Explique-se.

— Foi só uma soneca matinal, srta. Lulu — falou o reverendo Obertask. Ele tirou os pés da mesa e os colocou no chão. — Não sei bem se há outra grande explicação além disso... só um homem de meia-idade fazendo o possível para trilhar seu caminho neste vale de lágrimas.

— Eu estava falando com a menina — disse a srta. Lulu. — Essa que está com o seu cachimbo na mão.

— Meu cachimbo? — disse o reverendo Obertask. Ele piscou.

Eu me endireitei e disse:

— Olá, reverendo Obertask. Aqui está. Seu cachimbo. — Mostrei o cachimbo. — Vim aqui pedir apoio e conselhos, e também tirar umas dúvidas sobre as suas palavras mágicas de cura, mas o senhor soltou seu cachimbo e o peguei do chão para não acontecer nenhum trágico incêndio. Não queria que a Igreja do Pequeno Pastor pegasse fogo.

— Minhas palavras mágicas de cura? — disse o reverendo Obertask. — Que pequeno pastor?

Ele piscou de novo. Era um homem com um rosto muito redondo e muito surpreso. Além disso, seu rosto tinha um montão de pelos.

— Odeio dizer isto... — começou a srta. Lulu.

— Então aconselho que não diga — disse o reverendo Obertask.

Mas não havia como impedir a srta. Lulu.

— Acho que essa menina pretendia roubar o seu cachimbo — ela disse.

— Eu não pretendia roubar o seu cachimbo! — eu falei, batendo o pé no chão. — Não preciso de um cachimbo!

A srta. Lulu disse:

— Que seja. A menina e a avó dela estão hospedadas no Boa Noite, Viajante. Elas só estão de passagem... se é que você me entende. A menina sabe cantar. E está agendada para cantar no funeral da Elkhorn amanhã. Mas tenho receio de que algo... hã... *inapropriado* esteja ocorrendo. Ou vá ocorrer.

— Inapropriado? — disse o reverendo Obertask.

— Exatamente — afirmou a srta. Lulu.

— Muito obrigado, srta. Lulu — disse o reverendo Obertask. Ele se endireitou na cadeira, que rangeu. — Pode se retirar.

— Mas, reverendo... — disse a srta. Lulu. — A menina está com o seu cachimbo.

— Pois é, está mesmo — falou o reverendo Obertask.

A srta. Lulu deu um enorme suspiro. O cheiro de caramelo se espalhou pela sala.

— Eu assumo o caso daqui em diante, srta. Lulu — disse o reverendo Obertask. — Obrigado por suas explicações generosas e sua gentil intervenção. Adeus.

— Adeus, srta. Lulu — eu disse. Gostei muito de dizer essa frase, por isso disse outra vez. — Adeus, srta. Lulu.

— Sim, adeus — disse o reverendo Obertask. — E, por favor, feche a porta quando sair.

A srta. Lulu ficou ali parada com a boca aberta e os cachos completamente imóveis. Então ela fechou a porta de um jeito todo ofendido e pomposo, e eu fiquei a sós com o reverendo Obertask, o leão-marinho que talvez pudesse fazer mágica.

Eu certamente estava precisando de mágica.

Pela janela, vi um corvo pousado num galho de um enorme carvalho.

Torci para que fosse o Clarence.

É uma coisa boa acreditar que tem um corvo tomando conta de você.

– Então – disse o reverendo Obertask.

– Então – eu disse. – Aqui está o seu cachimbo.

O reverendo Obertask estendeu o braço e pegou o cachimbo da minha mão com muita delicadeza.

– Obrigado – ele disse. – Você ainda não me disse o seu nome.

– Louisiana Elefante.

Era a primeira vez que eu dizia esse nome desde que descobrira a verdade sobre mim mesma, e devo confessar que o nome pareceu estranho na minha boca... pesado e escuro.

– Você é de origem espanhola? – disse o reverendo Obertask.

– Não faço a mínima ideia – eu disse. – O triste fato é que desconheço totalmente os meus pais.

Era estranho dizer essas palavras, também. Antes, meus pais sempre estiveram na minha mente com toda a clareza — bonitos, brilhantes, cobertos de ouro. Mas agora, quando eu pensava neles, não aparecia imagem nenhuma. Não havia nada além de escuridão, e isso era triste, porque antes tinha tanta luz.

— Eu antigamente acreditava que meus pais eram trapezistas conhecidos como os Elefantes Voadores — eu disse para o reverendo Obertask. — Mas descobri que não sei quem eles eram nem o que faziam.

Ai, como eu me sentia oca por dentro.

O reverendo Obertask fez que sim com a cabeça.

— Entendo — ele disse.

Sua cadeira rangeu uma vez, duas vezes, e então a sala ficou em completo silêncio. Eu via grãos de poeira dançando alegremente no ar.

Que motivo os grãos de poeira têm para ficar tão alegres?

O reverendo Obertask limpou a garganta. Disse:

— Então você foi adotada, eu imagino?

— É uma longa e trágica história, cheia de becos escuros e reviravoltas e muitos acontecimentos inesperados — eu disse. — E maldições também. Tem maldições na história.

— Maldições — repetiu o reverendo Obertask.

— Sim — eu disse. — Maldições. Você entende muito de maldições?

— Infelizmente, não.
— Mas você é um pastor de igreja — eu disse.
— Sou, sim — confirmou o reverendo Obertask. — Porém minhas interações cotidianas costumam girar em torno de questões mais corriqueiras. A perda de esperança, o combate ao desespero, o bálsamo do perdão, a necessidade de compreender, os temperamentos curtos e naturezas desconfiadas de organistas de igreja. Esse tipo de coisa. Não é muito comum surgir uma maldição.

Lá no altar, a srta. Lulu começou a tocar órgão. Ouvi um único acorde estrondoso. E depois um longo silêncio. Então veio outro acorde estrondoso.

— Acho que às vezes ela fica meio frustrada — disse o reverendo Obertask, sorrindo. — Todos nós enfrentamos nossos limites, não é mesmo?

Gostei do reverendo Obertask. Gostei do sorriso dele. Gostei do seu rosto de leão-marinho.

Pensei que talvez ele fosse o tipo de pessoa que entenderia a sensação de ficar sentada em um quarto de motel, olhando para cortinas com o símbolo do estado errado e sabendo que você está totalmente sozinha no mundo.

— Eu carrego uma maldição nas minhas costas — eu disse para ele. — E eu estava esperando que você pudesse quebrar essa maldição.

– Oh, céus – disse o reverendo Obertask. – Não acho que eu possa desfazer sua maldição. Queria ter esse poder.

O sol se escondeu atrás de uma nuvem. Ouvi o Clarence rindo. Ouvi o reverendo Obertask respirando. Fiquei ali parada. Fiz muito esforço para não chorar.

– Essa maldição tem a ver com os seus pais? – perguntou o reverendo Obertask numa voz muito baixa.

– É uma maldição apartadora – eu disse. – Então, sim, imagino que sim, porque meus pais me abandonaram num beco, atrás de uma loja de miudezas.

O reverendo Obertask fez um gesto compreensivo com a cabeça.

– Que coisa terrível – ele disse.

E era mesmo uma coisa terrível, não era?

Foi um alívio ouvir alguém chamar aquilo do que era: terrível.

– Como eles foram capazes de fazer isso? – eu disse. – Como puderam simplesmente me abandonar? Que tipo de pessoa faria uma coisa dessas? Eu não entendo.

O reverendo Obertask balançou a cabeça.

– Não sei – ele disse. – Também não entendo.

Devo dizer que o reverendo Obertask estava começando a me decepcionar um pouco. Ele não podia desfazer maldições. Não podia explicar as coisas.

Do altar veio o som da srta. Lulu tocando Bach no órgão. Ou tentando tocar Bach no órgão.

Eu não entendia como alguém era capaz de tocar órgão tão mal, assim como não entendia como alguém era capaz de ter um estoque aparentemente vitalício de balas de caramelo e não compartilhar com os outros.

Havia tanta coisa que eu não entendia.

O sol saiu de trás de uma nuvem e então se escondeu de novo – claro, escuro, claro, escuro.

Eu estava muito triste. Disse:

– Achei que você pudesse me ajudar. Achei que você soubesse algum tipo de mágica. Na sua porta, está escrito que você oferece palavras de cura.

– Eu posso ouvir você, Louisiana Elefante – disse o reverendo Obertask. – Essa é a única mágica que eu sei. Quer me contar o resto da sua história?

O reverendo Obertask se recostou na cadeira, que soltou outro rangido. Os grãos de poeira dançavam alegremente. A srta. Lulu continuava a maltratar o sr. Bach.

– Tenho uma pergunta para você – eu disse.

– Vou fazer o possível para responder – falou o reverendo Obertask.

– Você conhece a história do Pinóquio? – perguntei.

– Conheço.

– Bom, então você deve saber que o Pinóquio é separado do pai dele no começo do livro e passa a história inteira separado do pai, até eles se encontrarem de novo na barriga de uma baleia.

— Sim — disse o reverendo Obertask.

— Vou passar a história inteira da minha vida separada das pessoas que eu amo?

O reverendo Obertask piscou. Disse:

— Não sei, Louisiana. Não posso prever o futuro. Mas acho que, na maioria das vezes, o amor acaba dando um jeito de nos encontrar.

Olhei para o rosto de leão-marinho tristonho do reverendo Obertask.

Era a segunda vez que eu ficava parada na sala do reverendo Obertask e chegava à conclusão de que estava sozinha no mundo.

— É bom contar sua história. Isso ajuda a curar — disse o reverendo Obertask. — Então, se você não quiser contar o resto para mim, talvez possa achar alguém em quem confie para contar. Seja como for, espero que você venha me visitar de novo.

Pobre e ineficaz reverendo Obertask.

— Talvez eu venha visitá-lo de novo — eu disse, só para deixá-lo mais alegre.

Ele sorriu para mim.

Eu sorri de volta para ele, mas não usei todos os meus dentes porque, nossa, meu coração estava tão pesado.

Vinte e um

Burke e eu estávamos no bosque. Estávamos sentados juntos embaixo de uma árvore, e o Clarence estava em algum lugar onde eu não conseguia ver nem ouvir. Mas eu sabia que ele estava lá, porque ele nunca se afastava muito do Burke. E isso era bom. Era reconfortante.

O sol ainda estava brilhando e o mundo ainda estava girando e o reverendo Obertask não tinha tirado a maldição das minhas costas, mas eu me sentia diferente, de algum modo.

Olhei para o Burke e disse:

— Vou lhe contar o que estava escrito naquela carta terrível. E a primeira coisa que você precisa saber é que os Elefantes Voadores não existem.

Os Elefantes Voadores não existem.

Eu odiava aquela frase. Odiava mesmo. Mas precisava dizer.

— Como assim eles não existem? — disse Burke.

— Estou falando que nunca houve nenhum Elefante Voador. Não sei quem eram os meus pais.

E então continuei e contei tudo para ele, tudo mesmo. Contei sobre a vovó menina e como o pai dela tinha olhado para ela e então virado as costas e ido embora, e que foi assim que a maldição realmente começou.

Contei para o Burke como a vovó me achou no beco e me recolheu. Contei que ela era só uma pessoa que tinha me encontrado, e que eu não tinha nenhum parentesco com ela. Contei que, quem quer que fosse a vovó, ela agora tinha ido embora, tinha me abandonado, e eu estava sozinha no mundo.

— Puxa — disse Burke quando terminei. — Bom, acho que a boa notícia é que, se ela não é parente sua, então a maldição também não é sua.

— O quê? — eu disse.

— A maldição não é sua. Não está nas suas costas, afinal.

— Eu não estou amaldiçoada? — perguntei.

— Acho que não — disse Burke. — Não, segundo a minha lógica.

Eu me deitei na grama. O mundo de repente estava girando cada vez mais rápido.

Quem eu era sem os Elefantes Voadores?

Quem eu era sem a vovó?

E quem eu era sem uma maldição nas minhas costas?

Eu me senti leve como o ar. Tão insubstancial quanto o fantasma de um grilo.

— Talvez eu nem sequer exista — falei para o Burke.

— Você com certeza existe, sim — disse Burke. — Disso eu não tenho dúvida.

Ele olhou para mim, então ficou de pé. Deu um assobio e Clarence veio voando até ele e pousou no seu ombro.

— Levante, Louisiana — falou Burke.

— Não — eu disse.

— Você precisa se levantar.

— Não — repeti.

Os ventos do destino tinham me depositado no beco atrás da loja de miudezas, e depois os ventos do destino tinham me carregado e me deixado naquele bosque na Geórgia, e era ali que eu ia ficar. Nunca mais ia me mexer.

Eu estava ainda pior que o Pinóquio, um boneco de madeira que pelo menos tinha um pai que o amava e que estava sempre procurando por ele. Além de uma Fada Azul que aparecia de vez em quando.

Fiquei deitada no chão com o Burke de pé do meu lado, e Clarence abriu e fechou as asas várias vezes. O sol brilhava com força por entre as árvores, batendo no braço do Burke e iluminando as penas do Clarence.

O mundo era bonito.

Aquilo me surpreendia: como o mundo continuava insistindo em ser bonito. Apesar de todas as mentiras, era bonito. Na carta, a "vovó" dizia que eu tinha sorrido para ela no beco atrás da loja de miudezas. Será que isso era verdade?

— Louisiana? — disse Burke.

— O quê? — perguntei.

— Você não quer ir encontrar a sua vó?

— Não — eu disse. — Acho que não. Não sei o que eu quero. Não sei quem eu sou.

— Ok — disse Burke. — Tá certo. Vamos resolver isso. Você não disse que tinha um cachorro e um gato e amigas na Flórida?

Buddy. Archie. Raymie. Beverly.

— Sim — respondi.

— Você não falou que a Flórida era o seu lugar?

— Sim — repeti.

— Então tá certo — disse Burke. — Você precisa voltar para casa.

Burke tinha razão. Eu precisava voltar para casa.
Eu me levantei e disse:
— Em que direção fica mesmo a Flórida?
Burke revirou os olhos. Disse:
— Eu vou ajudar, tá bom? Vou junto com você. Eu e o Clarence, nós dois. Precisamos de um mapa e de uma tabela de horários dos ônibus, e nós vamos para a Flórida.

Primeiro fomos para o Boa Noite, Viajante para buscar os meus pertences, mas a porta do quarto 102 estava trancada e, quando entramos na recepção do motel, a Bernice mandou o Burke embora.
— Seu ladrão — ela disse. — Saia daqui imediatamente.
— Eu espero você lá fora, Louisiana — disse Burke.
Bernice ainda tinha bobes no cabelo.
Minha nossa, eu estava cansada de ver aqueles bobes. Estava cansada de ver a Bernice também.
— O que você quer? — ela disse para mim.
— Vim aqui buscar os meus pertences — respondi.
— Não — disse Bernice. — Sua avó fugiu, e eu não quero saber de nenhuma história de desgraça que você tenha para me contar. Não quero saber de nada.

Você vai pegar sua mala quando a conta estiver paga, e a conta só vai estar paga depois que você tiver cantado no funeral.

Olhei para a cabeça da Bernice. Eu me concentrei num bobe específico e fixei meu olhar nele com toda a força que tinha. Soltei raios fulminantes para aquele bobe!

— Não tenho medo de você — falei.

— Que bom — disse Bernice. — Eu também não tenho medo de você. Estou cansada de pessoas que querem se aproveitar da minha bondade.

Eu me perguntei de que bondade ela estava falando.

— O funeral é amanhã ao meio-dia — ela disse.

Tudo o que eu possuía estava naquela mala, e eu não tinha energia para uma batalha de vontades.

— Certo — eu disse. — Vou cantar nesse funeral.

— Vai mesmo — afirmou Bernice. — Esteja aqui amanhã, às onze e meia da manhã.

— Ok — eu disse. — E talvez, como uma surpresa superespecial para mim, você finalmente tire esses bobes do cabelo.

Saí da recepção e o Burke estava me esperando.

Ele tinha pegado uns amendoins da máquina para mim!

— Ainda não posso ir embora — eu disse. — Tenho que cantar no funeral amanhã, senão ela não vai devolver minha mala. E não posso deixar minha mala para trás, porque já deixei coisas demais para trás.

— Vai dar certo desse jeito — disse o Burke. — Isso vai nos dar tempo para planejar tudo. Você pode ficar na minha casa hoje e amanhã à noite, e podemos partir no sábado de manhã cedinho.

— Isso — eu disse. — É exatamente isso que nós vamos fazer. Vamos partir.

Senti uma onda repentina de exaustão.

Minha nossa, como eu estava cansada de partir.

Para alguém que na verdade não tinha uma maldição apartadora nas costas, parecia que eu estava envolvida em um bom tanto de apartação.

Vinte e dois

Quando voltamos para a casa cor-de-rosa no meio do bosque, havia um cheiro doce no ar outra vez, porque Betty Allen estava assando um de seus dezessete bolos. Esse era de abacaxi invertido.

— Nunca comi um bolo de abacaxi invertido na vida — eu disse para Betty Allen.

— Bom, vamos ter que corrigir esse erro, com certeza — disse Betty Allen. — Enquanto isso, eu gostaria que o Burke Allen me explicasse por que ele não foi à escola hoje.

— Eu estava ajudando a Louisiana — disse Burke.

— Você não pode continuar cabulando aula, Burke — disse Betty Allen. — Depois de um tempo, isso vai fazer falta, e um dia você vai descobrir que a vida fechou as portas para você. Você não quer que a vida feche as portas para você, quer?

— Não, senhora — respondeu Burke, olhando para o chão.

— Portas abertas — disse Betty Allen. — É isso que nós queremos: que as portas estejam abertas para nós.

Ela pôs a mão na cabeça do Burke e a deixou ali por um instante, então virou-se para mim.

— Meu bem, esse é o mesmo vestido que você estava usando ontem?

— É, sim — eu disse. — Meus outros vestidos estão na minha mala, e minha mala está indisponível no momento.

— Por que sua mala está indisponível no momento?

— Aconteceram muitas coisas terríveis e complicadas — eu disse.

— Certo, mas que coisas?

Fiquei ali parada naquela casa com cheiro de doce, olhando para o rosto gentil da Betty Allen. Ela olhou de volta para mim.

Eu queria falar para ela que eu nem sabia quem eu era. Queria falar que eu tinha sido abandonada. Queria falar para ela que ela me lembrava a Fada Azul.

O que eu disse foi:

— Você já leu a história do Pinóquio?

Burke me deu um cutucão. Disse:

— A vovó da Louisiana não está passando bem. A Louisiana pode ficar aqui com a gente?

— O que aconteceu com a sua vovó? — perguntou Betty Allen.

— Ela está com um problema nos dentes — eu disse. — E precisa de um tempo para se recuperar. Ela está extremamente indisposta. Além disso, ela é uma mentirosa.

Burke me deu outro cutucão. Disse:

— A Louisiana pode ficar ou não?

— Ora, pelo amor de Deus, Burke — disse Betty Allen. — Claro que a Louisiana pode ficar.

Ela não tirou os olhos de mim. Ela me olhou de um jeito muito sério, então deu um sorriso muito lindo e estendeu a mão e colocou em cima da minha cabeça, assim como tinha feito com o Burke. Foi uma sensação gostosa.

— Brigado, mãe — disse Burke.

— Obrigada, sra. Allen — falei.

— Por que vocês dois não vão tomar banho? — disse Betty Allen. — O jantar vai estar pronto daqui a pouco.

Na mesa do jantar naquela noite, sentei ao lado do vovô Burke.

— Mas olhe só — ele disse. — Vejam essa menina. Sentadinha na mesa, toda arrumada e jeitosa. Você precisa de uma lista telefônica para sentar em cima e alcançar a mesa?

— Não amole a Louisiana, vô — disse Burke.

— Amolar? Não estou amolando ninguém. Só estou contente de ver a menina — ele disse, piscando para mim.

— Pai — disse o pai do Burke —, agora deixa ela em paz. Deixa ela comer.

O jantar era frango frito com vagem e purê de batata, e eu comi tudo o que puseram na minha frente e tudo estava ótimo, mas na verdade eu nem tinha certeza de que eu estava ali.

Fiquei imaginando o beco escuro atrás da Louisiana Five-and-Dime, a loja de miudezas.

Fiquei ouvindo o Burke dizer: "A maldição não é sua."

Fiquei vendo a Betty Allen sorrir para mim.

A sobremesa era sorvete de baunilha com cobertura de chocolate. Tinha uma tigelinha de vidro decorado para cada um. Tinha farofa de amendoim em cima da cobertura de chocolate.

Comi todo o meu sorvete. Raspei a tigela com a colher, e então o vovô Burke colocou a tigela de sorvete dele bem na minha frente.

Olhei para a tigela do vovô Burke.

O vidro cintilava na luz. Era muito bonito. Estava escuro lá fora, e havia luzes acesas dentro de casa e a tigela refletia a luz, e todo mundo estava em volta da mesa e a tigela estava cheia de sorvete com cobertura de chocolate e farofa de amendoim, e senti que estava prestes a entender alguma coisa.

Então o vovô Burke disse:

— Isso é para você, pequerrucha.

Olhei para aquela linda tigela e comecei a chorar.

— Por que você está chorando? — ele disse.

Balancei a cabeça.

— Deixe-a em paz, vô — disse Burke.

— Mas eu não fiz nada, só dei minha sobremesa para ela.

Eu estava chorando tanto que nem conseguia pegar a colher, e isso é uma coisa que nunca aconteceu comigo antes.

— O que é que aflige essa menina? — perguntou o avô.

— Ela está com saudades da vovó dela — disse Burke.

— Não estou com saudades da minha vovó! — eu disse.

O vovô Burke segurou minha mão. Numa voz muito gentil, disse:

—Vá. Coma, querida. Aceite o que lhe oferecem.

Segurar no casco de cavalo dele me deu uma certa coragem e consolo, e depois de um tempo parei de chorar e peguei a colher.

— Isso mesmo, meu bem — disse Betty Allen.

Comi toda a tigela de sorvete, sem soltar a mão do vovô Burke nem por um instante.

— É assim que se faz — ele disse. — É assim mesmo.

A farofa de amendoim em cima do sundae estava especialmente boa.

A casa tinha cheiro de bolo de abacaxi invertido.

Bom, o mundo inteiro estava invertido.

Mas ainda estava girando.

Não estava?

Vinte e três

Na manhã seguinte, Burke foi para a escola. Disse que ia achar o atlas, arrancar o mapa da Flórida, localizar Lister e descobrir exatamente como chegar lá.

E Betty Allen lavou meu vestido para mim, o que foi muito gentil e atencioso.

Às onze e meia em ponto, entrei no Boa Noite, Viajante e me entreguei para a Bernice, que não estava com bobes no cabelo.

Imagine só minha surpresa. Quase não a reconheci.

Ela estava usando um vestido preto brilhante, e o cabelo dela nem estava assim tão cacheado, considerando todo o tempo que ela tinha passado usando bobes. Mais do que tudo, a Bernice parecia irritada.

Bom, eu estava irritada também. Queria minha mala de volta. Queria ir para casa, embora me sentisse um pouco triste de me apartar da Betty Allen e do Burke Allen, e também do vovô Burke Allen, que era muito bonzinho por dividir a comida dele comigo.

Fomos até a Igreja do Sutil Pastor no carro da Bernice, um Buick Skylark verde. Bernice não falou comigo e eu não falei com ela. Bernice e eu nunca seríamos amigas, e eu não achava isso ruim. Na verdade, torcia para nunca mais ter que ver essa mulher na vida.

Torcia para nunca mais ter que ver a srta. Lulu, também.

— Você vai cantar duas vezes — me disse a srta. Lulu quando chegamos à igreja. Ela levantou dois dedos. — No começo do funeral e depois de novo no final. Você vai cantar a mesma música ambas as vezes.

A música era "Segura na mão de Deus", e é uma música que eu já cantei umas cem mil vezes, porque sempre é o que as pessoas querem que cantem nos funerais, e já cantei em uns cem mil funerais, porque era um bom jeito de aquela suposta vovó ganhar um dinheiro.

— Aqui está a letra — disse a srta. Lulu, me entregando uma partitura. — Caso você queira relembrar.

Não peguei a partitura da mão dela.

— Eu sei a letra — eu disse.

Ela suspirou, e o suspiro tinha cheiro de bala de caramelo. Fiquei pensando que comer esse monte de caramelo ia estragar todos os dentes dela. Tomara que estragasse mesmo.

— Tenho minhas dúvidas se essa menina está mesmo levando a sério a responsabilidade dela aqui — disse a srta. Lulu para a Bernice.

— Eu garanto que sim — disse Bernice, me lançando um olhar fulminante.

— Bom, deixe-me contar-lhe uma coisa — disse a srta. Lulu. — Flagrei essa menina xeretando na sala do reverendo Obertask ontem, com o *cachimbo* dele na mão. Dá para imaginar uma coisa dessas?

— Ela é capaz de tudo — disse Bernice. — A avó dela simplesmente desapareceu. Evaporou. Deixou a menina aqui sozinha. Até onde sei, ela está ficando com a família Allen, e, como você bem sabe, aquele Burke Allen não passa de um cabulador de aula e de um vândalo, e certamente não vai contribuir em nada com a educação moral desta menina.

As duas continuaram falando como se eu nem estivesse ali presente.

Os cachos da srta. Lulu balançavam a cada palavra que ela dizia.

A igreja estava se enchendo de gente. Então o reverendo Obertask apareceu e me disse:

— Louisiana Elefante, é um prazer enorme poder rever o seu rosto encantador.

A srta. Lulu bufou.

O reverendo Obertask pôs a mão no meu ombro para me tranquilizar. Disse:

— É hora do nosso grande espetáculo.

—Vamos começar com a menina cantando — disse a srta. Lulu.

— Assim como deve ser — disse o reverendo Obertask. — Exatamente como deve ser.

A luz entrava pelos vitrais coloridos. Bernice sentou e a srta. Lulu começou a tocar órgão. Eu fiquei de pé ali na frente e cantei.

A srta. Lulu tocava horrivelmente mal, é claro.

Mas, para mim, era simplesmente impossível cantar sem entregar todo o meu coração à música. "Você tem um dom, Louisiana, e, quanto mais você se entrega à canção, mais poderosa ela fica. E mais verdadeira."

Era isso que a "vovó" me dizia.

Como se aquela mulher soubesse alguma coisa sobre a verdade.

Que mentirosa ela era. Não passava de uma mentirosa de meia-tigela. Talvez eu nem tivesse sido encontrada num beco. Quem garantiria? E, por falar em becos, que tipo de gente coloca seu bebê em cima de uma pilha de caixas de papelão num beco escuro?

Era terrível. Como tinha dito o reverendo Obertask. Meus pais eram terríveis. Nenhuma mãe de verdade jamais deixaria seu bebê num beco. Ora, Betty Allen jamais faria uma coisa dessas com o Burke Allen, nem em um milhão de trilhões de anos.

Ai, como eu ficava furiosa de pensar naquilo. Em toda aquela história.

Mas, mesmo estando furiosa, me entreguei à canção.

Eu me entreguei completamente.

Ouvi um ruído nos bancos da igreja. Era o ruído de pessoas tirando lenços de papel dos bolsos e bolsas. Todos estavam chorando, e isso era bom. Eu queria que eles chorassem.

Eu me entreguei ainda mais à canção.

E então vi uma coisa realmente terrível.

Sentada bem ali, na primeira fila, estava a sra. Ivy do consultório do dentista. Seus lábios formavam uma linha reta e ela estava tirando um papel da bolsa. Ai, minha nossa, era a conta da extração de dentes! Ela estava sacudindo a conta no ar!

Então notei que o dr. Fox estava sentado bem ao lado da sra. Ivy. Seus oclinhos redondos brilhavam. Ele estava usando seu avental de dentista. Ainda tinha uma mancha de sangue. Parecia uma roupa muito inapropriada de se usar num funeral.

A nave da igreja deu uma inclinada para o lado, depois se endireitou de novo. Minha nossa, parecia mais um navio em águas turbulentas.

Eu continuei cantando.

E foi então que eu vi. Vi a "vovó". Não acreditei. Ela estava sentada bem atrás do dr. Fox. Estava usando seu casaco de pele e sorrindo para mim, mostrando todos os seus dentes. Será que ela já tinha enfrentado a maldição e voltado? Como tinha conseguido recuperar os dentes? Será que os poderes dela eram mesmo infinitos?

Lá no fundo da igreja passou alguém flutuando, numa espécie de traje de trapezista voador, que também não é o tipo de roupa que se deve usar num funeral. Mas talvez aquele traje coberto de lantejoulas fosse só imaginação minha, porque apareceu – um clarão de luz – e então sumiu de novo.

Quando desviei o olhar da luz cintilante e olhei outra vez para a "vovó", ela ainda estava sorrindo para mim. Estava sentada muito ereta, me lembrando de endireitar as costas, para projetar meu coração para o mundo.

Eu balancei a cabeça.

O altar estava se inclinando terrivelmente outra vez. Tudo estava escorregando para um lado. Parei de cantar.

E então a srta. Lulu parou de tocar órgão, o que foi um alívio.

Tudo ficou em silêncio. Um silêncio completo.

E foi então que o Clarence entrou voando na Igreja do Bom Pastor, com suas penas escuras brilhando feito uma lanterna.

Clarence tinha vindo me procurar.

O silêncio na igreja era tanto que dava para ouvi-lo batendo as asas.

Pareciam as batidas de um coração.

"Vovó" sorriu para mim. Disse:

— Providências foram tomadas, Louisiana.

Pelo menos acho que foi isso que ela disse.

Só o que sei com certeza é que a igreja começou a virar para o lado de novo. E, desta vez, eu virei junto.

Vinte e quatro

Acordei na sala do reverendo Obertask. Eu estava no chão, com a cabeça num travesseiro improvisado com um casaco de tweed áspero.

O reverendo Obertask estava sentado na mesa dele, olhando para mim.

—Ah — ele disse. — Aí está você.

—Aqui estou eu — falei.

—Você desmaiou.

O sol brilhava pela janela do reverendo Obertask e batia bem no topo da cabeça dele, fazendo com que ele parecesse um leão-marinho numa pintura religiosa. Não que eu jamais tenha visto um leão-marinho numa pintura religiosa. Camelos, sim. E cavalos também. E cachorros, às vezes. E anjos, é claro. Sempre tem anjos nas pinturas religiosas. Mas, na vida real, não se veem muitos anjos por aí.

O reverendo Obertask sorriu para mim.

– Os parentes do morto às vezes desmaiam nos funerais – ele disse. – É uma ocorrência comum. Mas é a primeira vez que eu vejo uma cantora desmaiar no meio de uma canção. A srta. Lulu está extremamente agitada, é claro. Ela gosta que as coisas aconteçam de uma certa maneira. Uma maneira previsível.

Bom, eu entendo esse sentimento.

Não que eu jamais tenha tido a experiência de as coisas acontecerem de uma maneira previsível.

Fechei os olhos. Vi a "vovó" sorrindo com todos os dentes. Vi a sra. Ivy sacudindo a conta. Vi o dr. Fox com seu avental ensanguentado.

E então vi as asas do Clarence, escuras e brilhantes, batendo no ritmo de um coração.

Abri os olhos e olhei para o reverendo Obertask.

– Tinha um corvo dentro da igreja? – perguntei.

– Não que eu saiba.

– Oh – eu disse. – E um dentista? Você viu um dentista?

– Não vi – respondeu o reverendo Obertask. – Se bem que esses são um pouquinho mais difíceis de identificar logo de cara.

— Você viu alguém usando um casaco de pele?

— Nenhum corvo, nenhum dentista, nenhum casaco de pele — disse o reverendo Obertask, sorrindo para mim outra vez.

Eu disse:

— Não sei quem eu sou. Só sei que não sou quem eu achava que era.

O reverendo Obertask concordou com sua cabeça enorme.

— Esse é um problema que todos nós enfrentamos, mais cedo ou mais tarde, imagino.

Lá do altar da igreja, veio um acorde estrondoso da srta. Lulu tocando órgão.

O reverendo Obertask se levantou.

— Parece claro que a srta. Lulu está ficando impaciente — ele disse. — Ainda temos que realizar um funeral. Por que você não descansa um pouco? Eu levo você para casa quando tudo isso terminar. Podemos conversar melhor.

Fechei os olhos.

O reverendo Obertask, o leão-marinho, ia me levar para casa.

Eu me perguntei que lugar era este: casa.

"Providências foram tomadas." Era isso que a miragem da vovó tinha me dito. Ou pelo menos era o que eu tinha ouvido.

E então, sem nem perceber, eu caí no sono. Pois estava muito, muito cansada.

O reverendo Obertask me levou de carro até a casa da família Allen. Dava para sentir o cheiro de bolo no forno quando ainda estávamos no bosque, antes mesmo de avistarmos a casa cor-de-rosa.

O reverendo Obertask bateu na porta dos fundos. Betty Allen abriu e disse:

— O que é que aconteceu?

Ela abriu os braços para mim e eu fui direto para ela. Betty Allen me abraçou com força por um instante, então me soltou.

— Houve um pequeno incidente no funeral — disse o reverendo Obertask. — Ora, ora, mas que cheiro maravilhoso aqui.

Betty Allen ficou vermelha.

— Eu sou a boleira oficial da feirinha regional — ela disse.

— Pois é — falou o reverendo Obertask. — É por isso que se chama a Mundialmente Famosa Rifa de Bolos da Betty Allen. Este cheiro que estou sentindo agora é de qual bolo específico?

— Este é meu bolo de baunilha — disse Betty Allen. — Não é nenhum bolo chique, mas é mesmo ótimo. É uma receita da minha bisavó.

— O aroma é divino — disse o reverendo Obertask.

— Eu ia gostar de ganhar um bolo de baunilha na Mundialmente Famosa Rifa de Bolos da Betty Allen — eu falei.

— Oh, meu bem — disse Betty Allen.

— Você se incomoda se a sra. Allen e eu dermos uma palavrinha a sós? — disse o reverendo Obertask para mim.

— O Burke já deve estar chegando da escola — disse Betty Allen. — Você podia esperar por ele lá fora.

Saí pela porta dos fundos e fiquei parada na garagem. Ouvi o reverendo Obertask dizer:

— Estou muito preocupado com essa menina.

E Betty Allen respondeu:

— Eu também estou preocupada.

Percebi que a conversa entre o reverendo Obertask e a Betty Allen seria extremamente triste, e achei que meu coração simplesmente não aguentaria ouvir. Andei para longe deles, até a outra ponta do caminho de pedra. Fiquei ali olhando para as árvores.

Assobiei para o Clarence igual o Burke fazia: dois assobios graves e um agudo.

Mas o Clarence não veio.

Sentei no chão.

No caminho de volta do funeral, eu tinha contado minha história para o reverendo Obertask. Ou pelo menos a maior parte da história. Não contei para ele que a "vovó" tinha desaparecido, porque não queria que o reverendo Obertask fosse comunicar às autoridades. Enfim, comecei contando sobre Elf Ear, Nebraska, e a cena no palco e a apartação que tinha acontecido ali. Contei sobre a carta da falsa vovó e que essa carta contava a história de um mágico que abandonou sua filha sem lhe dizer nada, e também a história da loja de miudezas chamada Louisiana Five-and-Dime, e sobre o beco escuro e o cobertor florido e o que tinha dentro dele: eu.

Contei para ele que o dr. Fox tinha arrancado todos os dentes da "vovó" e que eu tinha mentido para a sra. Ivy sobre a conta. Contei sobre o motel Boa Noite, Viajante e que havia uma máquina de produtos no saguão com todos os produtos possíveis e imagináveis, e também que no saguão tinha um jacaré empalhado que parecia muito feroz. Contei que o quarto 102 tinha cortinas cheias de palmeiras estampadas, e que era errado ter palmeiras em cortinas na Geórgia.

Contei que Bernice tinha confiscado minha mala e que eu provavelmente nunca mais veria essa mala. Contei que eu tinha pedido um sanduíche de mortadela para o Burke Allen e ele tinha me dado dois. Contei que a Betty Allen estava fazendo dezessete bolos –

dezessete! – e que o vovô Burke Allen tinha me dado sua tigela de sorvete com cobertura de chocolate e farofa de amendoim, e que ele tinha segurado minha mão enquanto eu comia.

Contei para ele sobre a Beverly e a Raymie. Contei sobre o Buddy, o cachorro de um olho só, e que nós três o tínhamos resgatado juntas. Contei sobre o Archie, o Rei dos Gatos, e que uma vez ele tinha encontrado o caminho de volta até mim. Contei da ocasião em que quase me afoguei, e que a Fada Azul tinha aparecido embaixo d'água, sorrindo para mim e estendendo os braços, e que parte de mim queria ir junto com ela para o fundo da lagoa.

Contei que, quando fiz aquele telefonema da sala dele, a telefonista tinha dito que não havia nenhum número listado com o sobrenome Tapinski, e números demais com o sobrenome Clarke com um *e* no final, e nenhuma Raymie Clarke, e como isso era possível?

E por falar em como as coisas eram possíveis, perguntei para ele de novo como era possível alguém abandonar um bebê num beco.

Como isso era possível?

Como?

O reverendo Obertask continuou olhando fixo para a estrada o tempo todo enquanto eu falava.

E aconteceu algo surpreendente: ele chorou.

Eu falava e ele mantinha os olhos na estrada, e vi uma lágrima e depois outra lágrima escorrerem pelo seu rosto tristonho de leão-marinho, até desaparecerem no bigode.

Quando chegamos ao Boa Noite, Viajante, eu disse para o reverendo Obertask:

— Quero pegar minha mala de volta com a Bernice e quero ir para a casa da família Allen, porque a vovó ainda está indisposta e precisa dormir para se recuperar.

O reverendo Obertask disse:

— Por favor, espere aqui, Louisiana.

Ele entrou na recepção do motel e, alguns minutos depois, voltou carregando minha mala. A mala parecia muito pequena na mão enorme dele.

Quando entrou de novo no carro, o reverendo Obertask virou-se para mim e disse:

— Quero que você saiba uma coisa, Louisiana. Todos nós, em algum momento, temos que decidir quem queremos ser neste mundo. É uma decisão que nós próprios tomamos. Você está sendo forçada a tomar essa decisão muito cedo, mas isso não significa que você não é capaz de fazer isso bem e com sabedoria. Creio que você é capaz. Tenho muita fé em você. É você que decide. Você decide quem você é, Louisiana. Entendeu?

Eu disse que sim, entendia.

Embora não tivesse muita certeza.

— E outra coisa — ele continuou. —Você nunca vai entender por que seus pais a deixaram naquele beco. É impossível entender isso. Mas talvez seja necessário você perdoá-los, pelo seu próprio bem, sem nunca realmente entender o que eles fizeram. Ok?

Ele estava com uma cara tão séria e triste que eu disse:

— Sim, reverendo Obertask. Eu entendo.

Mas eu não entendia. Como podia perdoar pessoas que nunca tinham demonstrado nenhuma bondade comigo? Como podia perdoar pessoas que tinham me abandonado sem me dar nenhum amor?

E então foi assim que me vi sentada na ponta de um caminho de pedra, em frente a uma casa cor-de-
-rosa com cheiro de bolo, pensando sobre perdão e sobre quem eu queria ser neste mundo.

Vinte e cinco

Fiquei ali sentada até Burke Allen chegar caminhando pelo bosque, com o Clarence empoleirado no ombro.

— Oi — disse Burke. — Oi, Louisiana. Adivinhe só! Já planejei tudo. Sei exatamente aonde ir e qual ônibus tomar e todo o resto.

E, assim que ele falou isso, ouvi o reverendo Obertask dizer meu nome.

— Louisiana — ele disse.

Eu virei para trás e, bem diante dos meus olhos, vi o leão-marinho e a Fada Azul juntos na outra ponta do caminho de pedra. E, embora o Pinóquio não encontre um leão-marinho na sua jornada, o reverendo

Obertask e Betty Allen ali parados juntos pareciam saídos da história do Pinóquio.

O reverendo Obertask acenou para mim, então veio andando pelo caminho de pedra e segurou minha mão. Disse:

— Obrigado por conversar comigo, Louisiana.

— De nada — eu disse.

E então Betty Allen falou meu nome.

— Louisiana Elefante — ela chamou. — Queria saber se você gostaria de vir me ajudar a fazer o último bolo, que é um bolo mármore.

— Eu? — eu disse.

— Sim, você, querida.

— Mas como você pode fazer um bolo de mármore? Ia quebrar os nossos dentes.

— Eu explico depois. Tem uma receita — disse Betty Allen. — Nós duas vamos seguir a receita juntas.

— Por que você não vai ajudá-la na cozinha? — sugeriu o reverendo Obertask. — Eu vou buscar sua mala no carro.

Clarence bateu as asas e voou do ombro do Burke para longe.

O reverendo Obertask soltou minha mão.

— Vá lá, Louisiana — disse Burke. — Eu espero.

A cozinha da casa cor-de-rosa era pintada de amarelo brilhante, e estar ali com a Betty Allen era como estar dentro do sol.

— Bom, o que vou pedir para você fazer é medir a farinha, o fermento e o sal. Todos os ingredientes secos, basicamente — disse Betty Allen.

— Nunca fiz nenhum tipo de bolo antes — falei.

— Nunca na vida?

— Não — eu disse. — Minha vovó não acredita em fazer bolos.

Betty Allen pôs as mãos nos quadris.

— Ora, pelo amor de Deus. Em que ela acredita, então?

Era uma boa pergunta.

Fiquei pensando naquilo.

— Em cantar — eu disse, por fim. — Ela acredita em *eu* cantar.

Betty Allen fez um gesto compreensivo com a cabeça.

— O reverendo Obertask disse mesmo que você tem uma voz bonita. Bom, aqui estão a farinha e o sal e tudo o mais, e também umas tigelas e medidores e colheres, e vou colocar você para trabalhar nesta bancada aqui.

Eu medi a farinha, o sal e o fermento, e o tempo todo Betty Allen ficou do outro lado da bancada, cantarolando de boca fechada.

Fazia calor na cozinha e as paredes amarelas eram tão brilhantes, e Betty Allen cantarolava de um jeito tão musical, que comecei a achar que talvez as coisas não fossem tão trágicas quanto pareciam.

Betty Allen disse:

—Talvez, quando terminarmos de assar este bolo, vamos levar um pedação para a sua vovó no Boa Noite, Viajante.

— Não tem nenhuma necessidade — respondi muito depressa.

— Sua vovó não gosta de bolo? — disse Betty Allen.

— Ela sente muita dor de dente quando come — eu disse. — É muito difícil comer bolo quando você não tem dentes. O mundo em geral vira um lugar difícil para uma pessoa desdentada.

—Ah, entendi — disse Betty Allen. Ela voltou a cantarolar.

Juntamos tudo em uma vasilha grande, os ingredientes líquidos e os secos, e misturamos tudo com a batedeira elétrica e então despejamos metade numa assadeira.

— Pronto — disse Betty Allen. — Agora vamos acrescentar o chocolate em pó ao resto da massa e mexer bastante. É por isso que tem esse nome, porque fica parecendo mármore. Que tal você fazer isso?

Ela ficou bem do meu lado. Colocou as mãos nos meus ombros e disse:

— É só despejar aqui e mexer.

Eu despejei. E mexi.

— Isso mesmo — disse Betty Allen. — Pode mexer bastante.

Quando terminei, Betty Allen continuou com as mãos nos meus ombros e ficamos olhando para o bolo juntas. Ela disse:

— Louisiana, você pode confiar em mim. Pode me falar a verdade. A sua vovó foi embora?

Eu não respondi. Não consegui responder.

Também não consegui segurar o choro.

E depois que comecei a chorar não consegui mais parar.

Fiquei ali na cozinha amarela da casa cor-de-rosa e chorei. Chorei. Chorei porque a vovó tinha realmente ido embora para sempre, e de algum modo eu sabia que ela não ia voltar. Chorei porque estava sozinha. Chorei porque a maldição não era minha. Chorei, e minhas lágrimas de tristeza e desespero e esperança e raiva caíram direto no bolo mármore que não era feito de mármore.

Betty Allen disse:

— Nós podemos ajudá-la a encontrar sua vovó, querida. Com todo o prazer. Mas você também pode ficar conosco por quanto tempo precisar. Sua casa pode ser aqui com a gente, se é isso que você quer.

Era uma frase tão simples.

Por que soava tão bonita e tão impossível?

— Pense nisso — disse Betty Allen. — Eu conheço a Emma Stonehill, que trabalha no Conselho Tutelar. Podia falar com ela. O reverendo Obertask podia falar com ela também. Podíamos dar um jeito de fazer isso acontecer, meu bem.

Ela pegou a assadeira, virou as costas e abriu a porta do forno. E, quando o bolo mármore estava dentro do forno e a porta estava fechada, Betty Allen bateu as mãos, como se tivesse acabado de fazer um truque de mágica.

— Bom — ela disse —, corra lá fora para procurar o Burke. Sei que ele está esperando você. E, querida, todos nós vamos adorar se você quiser ficar aqui com a gente e ser parte da nossa família, mas a decisão é totalmente sua.

A decisão era minha. Totalmente.

Eu saí e o Burke estava lá fora.

Ele olhou para mim e, minha nossa, os olhos dele brilhavam, e me ocorreu que provavelmente brilhavam tanto porque ele nunca precisou perguntar a si mesmo quem ele era, nem qual era o seu lugar, nem quem ele queria ser. Ele era Burke Allen, filho de Burke Allen, que era filho de Burke Allen, e assim por diante. Até o infinito.

—Você ainda quer ir para a Flórida? — disse Burke.

— Não sei — respondi. — Não sei o que eu quero fazer.

Ele fez que sim com a cabeça.

Assobiou para chamar o Clarence.

E então Burke disse:

—Venha comigo.

Vinte e seis

– Quando não consigo decidir o que preciso fazer, ou quando tenho que resolver um problema muito difícil, o que eu faço é subir bem alto, lá em cima daquela placa do Boa Noite – disse Burke.
– Bom, não vou subir naquela placa – eu disse. – Porque, como eu já falei antes, tenho medo de altura.
– Não precisamos subir até a placa – disse Burke. – Só até em cima de uma árvore. Subir numa árvore e olhar para o céu pode ajudar você a resolver as coisas.
Bom, o fato é que eu não tinha mais forças para discutir com ele.
E, além disso, eu não sabia quem eu era. Podia muito bem ser alguém que *não* tinha medo de altura. Minha nossa, era possível.

Fui atrás do Burke até o grande carvalho ao lado do Boa Noite, Viajante. Ele escalou até uma bifurcação no tronco e ficou ali de pé, olhando para mim.

— Você só precisa me dar a mão, Louisiana — ele disse. — Eu vou na frente e sempre vou dar a mão para você segurar, tudo bem?

— Vá lá — eu disse.

Clarence estava sentado num galho, nos observando.

— Este é o primeiro passo — ensinou Burke. — É aqui que você começa. Vamos. Você tem que fazer a primeira parte sozinha. Segure na árvore.

Cheguei mais perto da árvore.

Clarence riu.

— Segure nesse galho bem aí — disse Burke.

Eu agarrei o galho. Era áspero e morno.

— Muito bem — disse Burke. — Agora puxe o seu corpo para cima, só um tiquinho.

Puxei meu corpo para cima.

Burke sorriu para mim. Subiu um pouco mais alto na árvore.

— Agora venha — ele falou, me estendendo a mão.

Bom, eu tinha saído do chão e estava na árvore, e achava que só não estava interessada em ir muito mais longe. A pessoa que eu antigamente chamava de vovó sempre tinha dito que eu era "demasiado cautelosa fisicamente". E acho que eu era mesmo.

Mas talvez não precisasse ser.

Talvez fosse como dissera o reverendo Obertask: eu podia decidir quem eu queria ser.

Burke disse:

— Louisiana, se você segurar minha mão e subir mais um pouco, eu lhe dou tudo o que você quiser daquela máquina de produtos.

E meu problema é sempre esse, não é?

Não consigo deixar de querer coisas.

— Quero amendoim — eu pedi.

—Tá bom — disse Burke, estendendo a mão ainda mais.

— E uma barra de chocolate Oh Henry!.

— Ok — ele disse.

— Duas barras de chocolate Oh Henry!.

— Eu dou tudo o que você quiser — ele repetiu.

Segurei a mão do Burke. Era áspera e morna, como o galho da árvore.

— Vamos — disse Burke. — Estou segurando você. Coloque o pé bem aqui. Não olhe para baixo.

Coloquei o pé onde ele mandou. Continuei segurando na mão dele. Não olhei para baixo. E, pouco a pouco, nós subimos até o topo da árvore.

É maravilhoso estar no topo de uma árvore!

Principalmente quando você tem duas barras de chocolate Oh Henry! para comer. E um saquinho de amendoim.

Quando chegamos ao topo, Burke me deixou lá em cima e desceu de novo para ir até a máquina de produtos.

Fiquei ali segurando no galho. Olhei para baixo e... adivinhe só?

Não senti medo nenhum. Nenhum mesmo. Talvez fosse porque o Clarence estava no galho do meu lado, ou talvez fosse só porque eu estava farta de sentir medo. Ou sei lá, talvez eu nunca tivesse tido medo de altura, desde o começo. Talvez fosse só mais uma das mentiras que a "vovó" tinha me contado sobre mim mesma.

Não sei.

Mas sei que comi as duas barras de chocolate e todos os amendoins. Burke e Clarence estavam do meu lado e, embora o sol estivesse começando a se pôr, eu estava feliz.

Nós três ficamos assistindo ao céu mudar de cor para um azul arroxeado.

— Olhe — disse Burke. — Agora dá para ver as estrelas.

O céu ficou mais escuro e as estrelas ficaram mais brilhantes, e eu ainda me sentia feliz, por isso comecei a cantar. Cantei uma canção sobre estar sentada em cima de uma árvore com um menino e um corvo, olhando as estrelas.

Era uma canção feliz. Coloquei uma barra de chocolate Oh Henry! na letra. E também amendoins e um bolo mármore. Não coloquei maldições nem becos escuros. Só pus coisas legais na canção e fiquei feliz de cantá-la.

– Puxa – disse Burke quando terminei. – Que música ótima.

Pelo menos eu sabia isso sobre mim mesma. Pelo menos sabia que eu era alguém que sabia cantar.

Isso era uma coisa que a vovó tinha me dado.

Ela tinha me dado muitas coisas. Eu acho.

– Olhe lá em cima – eu disse para o Burke. – É a constelação do Pinóquio.

– Onde? – perguntou Burke.

– Aquela ali, está vendo? Aquele é o rosto, e aquele é o nariz comprido de alguém contando uma mentira.

– Puxa, Louisiana – disse Burke. – Essa constelação se chama Caçarola. O vovô me mostrou essa já faz um tempão. Está vendo como parece uma espécie de panela? E aquele é o cabo, bem ali. Não é um nariz. É um cabo. E aquela é a Estrela Polar, ou Estrela do Norte. É ela que você deve procurar quando estiver perdida na floresta, porque ela indica em que direção fica o norte, e então você não vai mais estar perdida.

— Ah — eu disse.

Olhei para a Estrela do Norte. Nem conseguia imaginar como era não estar perdida.

— Melhor a gente ir voltando, senão eles vão vir nos procurar — disse Burke. — Quer que eu a ajude a descer?

— Não — falei. — Eu consigo. Vá na minha frente e eu sigo você.

— Tá bom — disse Burke.

— Você já comeu bolo mármore? — perguntei para o Burke enquanto descíamos da árvore.

— Já comi todos os bolos que a minha mãe faz — ele disse. — Já comi todos eles. Todos são bons.

— Sua mãe descobriu que a vovó foi embora — eu disse quando estávamos de volta no chão.

Burke virou-se para mim.

— E ela me disse que eu podia ficar com vocês — falei. — Que eu podia morar com a sua família.

— Então quer dizer que você não vai mais voltar para a Flórida?

— Não sei o que vou fazer — eu disse. — Você quer que eu fique?

Burke encolheu os ombros. Disse:

— Acho que seria ok você ficar. Acho que seria ótimo você ficar. — Ele encolheu os ombros de novo. — Mas eu não vou lhe dizer o que fazer.

Eu fiz que sim com a cabeça. Disse:

— Mostre de novo qual é a Estrela do Norte.

Burke apontou.

— É aquela ali.

— Obrigada — eu disse.

Parece bom saber qual é a estrela que pode impedir que você fique perdida neste mundo.

Vinte e sete

Todos nós fomos à feirinha regional: eu, Burke, Betty Allen, papai Burke e vovô Burke. E eu ainda não tinha decidido se queria ficar ali ou ir embora. Simplesmente não conseguia decidir.

Mas a boa notícia é que a Mundialmente Famosa Rifa de Bolos da Betty Allen foi montada no gramado em frente à Igreja do Pobre Pastor. Os bolos foram arrumados um do lado do outro em uma mesa comprida. Era uma coisa bonita de olhar.

Havia uma grande travessa de vidro na mesa, e, toda vez que alguém comprava um bilhete da rifa, Betty Allen rasgava o papelzinho no meio, colocava metade dentro da travessa e entregava a outra metade para a pessoa que tinha esperanças de ganhar um bolo.

O piano tinha sido trazido do salão de festas, e a srta. Lulu estava tocando uma música supostamente apropriada para uma rifa de bolos. Percebi que, o que quer que eu fizesse, simplesmente não conseguia escapar da srta. Lulu e das suas tentativas de fazer música.

Cada bilhete da rifa custava um dólar, e o vovô Burke Allen me deu cinco dólares para eu comprar cinco bilhetes, porque eu realmente queria muito ganhar um bolo.

— Eu posso comprar todos esses bolos para você, pequerrucha — disse o vovô Burke. — Posso comprar todos, um por um. Você nem precisa tentar sua sorte. É só você falar, e eu vou e compro cada um deles.

Mas eu queria participar da rifa.

Queria tentar minha sorte.

Queria correr o risco.

A srta. Lulu continuou tocando piano, martelando as teclas no que mais parecia uma música de enterro, até que todos os bilhetes foram vendidos e então Betty Allen disse:

— Temos dezessete bolos, senhoras e senhores. E vou anunciar dezessete números vencedores.

As pessoas aplaudiram e eu também bati palmas. Então olhei para os meus bilhetes. Será que eram bilhetes vencedores? Eu não tinha como saber. Estudei os bilhetes com muita atenção.

Betty Allen limpou a garganta. A srta. Lulu tocou umas notas dramáticas no piano.

— O primeiro vencedor é o número dois cinco meia — Betty Allen anunciou.

Bom, eu não tinha o bilhete número 256. Olhei todos os meus cinco bilhetes várias vezes, só para garantir. Uma mulher muito grande, de vestido roxo, gritou:

— Sou eu! Sou eu! Ganhei um bolo!

E ela foi até a mesa para escolher seu bolo enquanto a srta. Lulu tocava outras notas dramáticas no piano e todos aplaudiam.

Então começamos tudo de novo. Betty Allen pôs a mão na travessa. A srta. Lulu tocou mais piano, então Betty Allen tirou um bilhete e chamou um número, e não era o meu.

Depois de alguns minutos, quase todos os bolos já tinham sido entregues. Sobrava só um, e era o bolo de abacaxi invertido, e, embora eu fosse ficar muito contente se ganhasse esse bolo, devo dizer que as rodelas de abacaxi em cima dele me pareceram um pouquinho desesperadas. Tem algo de muito triste em rodelas de abacaxi.

Olhei para o vovô Burke. Ele estava me observando com um olhar muito sério. Então olhei para a Betty

Allen. Ela estava segurando a travessa com os números dentro e também estava me observando.

Sorri para a Betty Allen e ela sorriu de volta para mim. A luz se refletia na travessa de um jeito muito bonito. Betty Allen pôs a travessa de volta na mesa, estendeu a mão e pegou o último bilhete. Fez isso sem tirar os olhos de mim.

Eu pensei: "Ganhei! Ganhei o último bolo!"

A travessa estava toda iluminada com números e luz. Era mesmo uma bela travessa.

Então me lembrei das tigelinhas de vidro que a Betty Allen tinha usado para servir o sorvete. Lembrei de quando estava sentada na mesa com tampo de vidro com toda a família Allen. Lembrei do vovô Burke empurrando sua tigela para mim e dizendo: "Isso é para você, pequerrucha. Aceite o que lhe oferecem."

E eu sabia o que queria fazer.

Sabia quem queria ser.

Queria ser a pessoa que sentava naquela mesa.

Eu queria ficar.

Betty Allen limpou a garganta. Anunciou o último número vencedor.

E adivinhe só.

Não era o meu. Eu não ganhei um bolo.

Mas não me importei.

Eu ia ficar.

Vinte e oito

E então aqui estou eu, vovó, quase no fim da história.

Imagine como estou surpresa de descobrir que é para você que estou escrevendo isto.

E, por falar em surpresa, você não vai ficar surpresa de saber que o reverendo Obertask sabe lidar com telefonistas melhor do que eu.

Fiquei do lado dele, na sala dele na Igreja do Bom Pastor, enquanto ele falava com todas as pessoas de sobrenome Clarke erradas, depois com a pessoa de sobrenome Clarke certa: a mãe da Raymie.

E então, finalmente, o reverendo Obertask disse:

– Olá, Raymie Clarke. Tem alguém aqui que precisa falar com você – e ele me passou o telefone.

E a primeiríssima coisa que a Raymie me falou é que o Archie estava lá com ela!

Ela disse que ele apareceu na porta dos fundos e ficou miando até elas o deixarem entrar, e ele ficou por lá. Não saiu de casa nem uma única vez. E a Raymie acreditava que eu também ia aparecer de novo.

— Quando você volta? — disse Raymie.

Tive que contar para ela que você foi embora, vovó. E que você não era minha vovó de verdade, e que você tinha me recolhido num beco, e que meus pais não eram os Elefantes Voadores, e que eu não sabia quem eram meus pais verdadeiros e que, no fim das contas, eu não tinha medo de altura. Contei tudo para ela.

Então tive que contar que eu ia ficar na Geórgia.

— Como assim, ficar? — quis saber Raymie.

— Quer dizer que eu vou morar aqui com a família Allen.

— Mas e nós? — perguntou Raymie.

Então comecei a chorar.

O sol brilhava na sala do reverendo Obertask. Iluminava seus bigodes de leão-marinho e os grãos de poeira eternamente alegres.

E bem longe dali, na Flórida, Raymie também estava chorando. Eu conseguia ouvir.

O reverendo Obertask limpou a garganta. Disse:

— As pessoas da Flórida visitam as pessoas da Geórgia com bastante frequência, sabia?

Respirei fundo. Disse para a Raymie:

— Você podia vir me visitar. Todos vocês podiam vir me visitar. Estou no estado vizinho.

Eles vieram me visitar na semana seguinte.

A sra. Clarke trouxe a Raymie e a Beverly e o Buddy e o Archie de carro, cruzando a divisa entre a Flórida e a Geórgia. Ela disse que carregar todo mundo no mesmo carro era como estar tomando conta de um circo itinerante, mas eles vieram.

E o Burke Allen e a Betty Allen e eu fomos visitar a Beverly e a Raymie e o Buddy na Flórida.

Archie, o Rei dos Gatos, vai e volta. Às vezes ele fica comigo e às vezes fica com a Raymie, porque ele é um gato e faz o que quer.

Clarence, o corvo, está começando a confiar em mim. Ele vem quando eu assobio. Ainda não pousou no meu ombro. Mas um dia vai pousar, vovó. Vai, sim.

Eu respeitei a sua vontade. Não fui atrás de você. Mas cruzei a divisa entre a Flórida e a Geórgia muitíssimas vezes desde a última ocasião que nos falamos, e procuro você sempre que faço essa viagem. Sei que você não vai estar lá, mas procuro assim mesmo.

E eu sonho com você.

No meu sonho, você está parada na frente da máquina de produtos do Boa Noite, Viajante e está sorrindo para mim, usando todos os seus dentes. Você diz: "Escolha o que quiser, querida. Providências foram tomadas. Providências foram tomadas."

Fico tão feliz quando você aparece nos meus sonhos e me diz essas coisas.

Obrigada por me pegar no beco atrás da Louisiana Five-and-Dime.

Obrigada por me ensinar a cantar.

Não sei se você chegou a Elf Ear ou não, afinal. Mas quero que você saiba que não tem nenhuma maldição apartadora nas minhas costas.

Amo você, vovó.

Eu a perdoo.